当代中国
文学书馆

波动的乡村

桧子 著

中国文联出版社

图书在版编目（CIP）数据

波动的乡村 / 桧子著. -- 北京：中国文联出版社，
2016. 1（2023. 3 重印）
ISBN 978 - 7 - 5190 - 1124 - 6

Ⅰ. ①波… Ⅱ. ①桧… Ⅲ. ①散文集—中国—当代
Ⅳ. ①I267

中国版本图书馆 CIP 数据核字（2016）第 027283 号

著　　者　桧　子
责任编辑　郭　锋
责任校对　王洪强
装帧设计　中联华文

出版发行　中国文联出版社有限公司
地　　址　北京市朝阳区农展馆南里 10 号　　邮编　100125
电　　话　010 - 85923025（发行部）　　85923091（总编室）
经　　销　全国新华书店等
印　　刷　三河市华东印刷有限公司

开　　本　880 毫米×1230 毫米　　1/32
印　　张　10.25
字　　数　178 千字
版　　次　2023 年 3 月第 1 版第 2 次印刷
定　　价　75.00 元

读《波动的乡村》聊记数语

黎 洪

巴渝多才俊，桧子是其一。在我看来，桧子女士是真正的才女、是名副其实的作家。她热爱生活，对生活体察很细，处处有感悟，时时有诗文；她热爱工作，对工作敬业尤甚，笔耕不辍，翰墨常香；她乐于思索，对一些事物的认识，能索本求源，能从现象到本质，可谓独具慧眼……。上述的评价一点都不为过，如若你读了其从辛卯（2012）到乙未（2015）的几年间，先后出版的《女人思颤颤》《桧子诗集》两部力作和这部即将付印的《波动的乡村》等著述后。我相信你会赞同我的观点，我相信你对桧子女士的了解还会更多，为何如是？我记得苏轼曾有"文如其人"之说。

我们无法延长生命的长度，但应追求生命的厚度。我们来到这个世界生命是有限的，每一个人从诞生之时，到西归之日，时时刻刻都在做一道生命与时间的减法，当生命这个被减数与时间这个减数，相等的时候，其差也就为零了，也就是生命终结之时。这一客观规律我们无法主宰，但我们可以在有生之年，为社会、为历史、为人类作一些力所能及的有益的事，留下一点印记，不枉度一生，从而增加生命的厚度，提高生命的价值。古人追求的三立——立德、立言、立功就是追求生命的厚度之举。今桧子女士的著书立说也亦然。桧子女士值得我们尊重！值得我们学习！

《波动的乡村》是一部优秀的散文集。全书10余万字，由4个章组成：波动的乡村、世间百态、新时代、葬猫。拜读全篇，深感其作品全来源于生活，来源于作者的感悟，是社会的真实写照，是作者感情的真实流露。语言朴实，感情细腻，文笔秀美，观点正确，颇有见地。是一部于人、于史有益的好作品。

如在第一章节中《去的旅程》这篇，作者对从重庆经彭水到酉阳龚滩的旅程一线的风光和其生理反应的描写及朋友张的人物内心刻画，笔触细腻，观察入微。

在《开垦者》一文中，作者通过与龚滩临时回家的打工仔夫妇间的对话，揭示了当今农村外出务工的真相及社会问题。当今的打工仔有的是为了经济支撑找钱、有的是怕吃苦，找玩……乃至造成农村广袤的土地荒废，揭示了当今三农的社会问题。

在《龚滩老街》中，作者以一个游客的身份，描写龚滩的房屋、老街、美食、小商小贩的经营，以及龚滩的美、龚滩的静，龚滩与成都的不同：没有李伯清的评书，没有人头攒动的茶馆。龚滩是别样的龚滩。

在《乌江》一文中，作者描写了自己从对乌江的不感冒到崇拜的心理变化，用简练的文字描写了乌江的蓝、清、美，最后希望乌江之水融入自己的血液，愿与乌江有一样的美，阐释了自己对乌江的爱。

在《镇长修改字条》一文中，作者阐释了文学与政治的关系："大多时候，我的理解是，文学是为政治服务的，是推进人类和社会往前发展的，而绝不是要拉政治的后腿，做政治的傀儡……。"这些观点，在我看来，都是很有见解的、很精辟的。

又如在第二部分世间百相的《五姐哥》一文中，作者刻画了农村常见的小商人待人的多面性和一旦具有一定的经济基础后的政治诉求。五姐哥在销售商品时，对顾客总是要编些花言巧语赚钱，对不同地位、不同身份的人，有不同的嘴脸和表现，在经济上有所满足后，就想寻求政治的光环，总想以贿选等手段，钻选举的空子，不择手段弄个基层干部当当，以满足自己官本位的虚荣心。深刻刻画了农村选举百态，反映了底层民众的时代心态和基层选举中存在的舞弊现象。

在《智障者与驾驶员》中，描写了作者与智障乘客的四次相遇，目睹了公交车驾驶员对智障乘客从不理解—愤怒—辱骂—理解—交流—提供方便的感情变化历程，体现了驾驶员对智障乘客的人文关怀的思想变化。

《波动的乡村》确实是一部难得的笔记散文，开卷有益，富有现实意义和历史意义，读后感怀，且赋一诗：

赠桧子《波动的乡村》待印有题

渝州桧子妍，泼墨著鸿篇。

才气三巴盛，诗文二酉怜。

立言推妙手，走笔学先贤。

处世多明悟，心怀在九天。

黎洪简介：黎洪，酉阳人，生于1966年，大学文化，中华诗词学会会员，著有《黎洪随笔》，编有《漫话酉州》等。

目 录

第一章 波动的乡村

第一章 波动的乡村

一、龚滩行纪实

去的路途中

3月10日，我选了这天前往龚滩。

这天，天气很美，是初春的第一个有些温暖的艳阳天气。上午8点30分，我与龚滩老街一经营栈房的朋友张，从重庆四公里长途汽车站坐车出发，将前往龚滩。

沿途，汽车驶过崇山，驶过密林，驶过一片片耕种的和荒着的土地，驶过无数点点灿烂的野花，载着满车清新的空气，来到彭水的汽车站。

我们在彭水汽车站下车，然后在这里将转车到龚滩。

此时正是中午时分，此时也正是太阳当头。彭水汽车站在白炽太阳的直晒下，显得过早的炎热。白炽的太阳把汽车站照得一身白，把来往流动的人也照得一身白，并让人不能睁大眼睛看清远处，辨别远处的情景。

即使用手在额上挡住阳光，想看个究竟，也只能眯着眼睛看前方，看周围，然后被迫赶快收回有些刺痛的眼睛。于是，心里只好无奈地告诉自己：罢，还是不要欣赏周围

的景色，时间不等人了，做自己该做的事情吧。

"走，吃饭，这会儿肚子定是饿了。"张说。

我答应着就跟着张进了一家旁边的饭馆。

当张把最后一滴面汤倒进嘴里，并用纸巾抹两抹嘴的当儿，说："站上到龚滩的班车到时间了，恐怕要开了。"

看来张的确是饿了，连碗底里那几粒辣椒也被他扒进了嘴里。我看了一眼对我说话的张，心里想到。

同时又看着被他吃得干干净净的面碗，说："那我们就进站嘛，它不会等我们，那我们去等它，不然，没赶上就让人难堪了。"

因我是第一次走这个方向，当张起身往站里走时，我就紧跟其后往站里去。为了不与他并排走，我看着前面的张，算着他迈步的大小和走路的快慢速度，用始终与他保持着距离的节奏跟着。

彭水是山区地势，高山矮山连着此起彼伏，或近或远，弯弯曲曲地把你挟在山谷中，并总挡着你要看向外面的视线。而那周围的山，或密林，或光秃，或满是野草，并有几株黄花或白花点缀其间，在满是野草和树木丛中，闪闪发光。因公路旁边一侧有条溪水，溪水习习地流着，以至于，虽有些热的太阳照着，仍觉此山彼山上的草木丛中，还是湿漉漉的一片。

此时，汽车如一小不点一般，在两边高山峡谷中的公路上，马不停蹄地往前奔驰着。仿佛前方等待它的班车在向它催促，仿佛前方等待它的乘客在向它呼喊，使得它不能停留一刻地一往前行去。除了在转弯处，它并没有一丝减慢的速度。

我是喜欢山的，我喜欢它的壮实和挺拔，我喜欢它的起起伏伏、连绵不断和诸多怪异的形状，以及沉沉的憨态样。

即使汽车马不停蹄地往前奔走，我也会扭过头去并仰着头，睁大眼睛万分专注地去欣赏。欣赏那山形，欣赏那山中一草一木的茂密和稀疏，以及偶尔点点滴滴鲜艳闪烁着的野花。

在欣赏的当儿，我甚至默默地在心里还向它叩问，叩问它的奇状所在。这里是否曾发生过什么奇妙的故事，或者这里曾发生过什么惊心动魄的故事，使得它有如此奇状威武、生气凛然般的山形啊！

大山当然是不回答的，它只是昂然着，任你去遐想，任你去猜疑，任你去追忆。

"看，乌江。"坐在旁边的张，在我望着窗外的起伏群山出神时，猛然用手肘把我碰了一下。

啊！这就是乌江呀！它真是江水呀？好翠绿呀！这水的颜色好美呀！随着张的喊声，我猛然扭过头去，睁大眼睛往张所指的方向看出去。

只见窗外，一条墨绿的彩带，在两边山形中闪闪飘逸着，微波荡漾，柔软似锦。"这真就是乌江了么！"我不禁惊呼一声。

因为这是我第一次看到乌江的玉容，它，它，它的美

色简直让我不敢相信哦！

"看见乌江，龚滩就不远了。"张告诉我。

"乌江这名称是根据它的颜色翠绿色取的么？"我问张。

"不是，原来它叫黔江和涪江，后来才慢慢改为的乌江。"张回答。

"龚滩是酉阳县管辖的一个镇，乌江沿着酉阳的几个乡镇环绕流淌着，直到长江。此时，这条公路已是沿着乌江江岸了。最近几年，沿着乌江乘船游览两岸风景的人，逐渐增多。"张对我说。

兴许是我中午吃那酸辣面的缘故，张在给我说这些时，我糟糕地放了个屁，并且怪味极快地就传到我的鼻内。

既然已是传到了我的鼻内，那定是已传到了旁边张的鼻内了。我心里难堪地想。

这……真是有些难为情。想着这个怪味定已传到了张的鼻内，我心里十分的不好意思。

此时，只见正在摆谈的张慢慢地停下了他的摆谈，他仿佛在屏住呼吸。

我是面向他坐的位置看着窗外清亮的乌江的，在他停下摆谈时，我仍然没有动，仍保持我的坐姿，感受着他此时难堪的心情。

我一边继续在看着窗外的乌江，一边用眼睛的余光不住地看张的面部表情。

他一直是看着汽车行驶的前方，此时，他虽然仍是保持原来的姿势，然而面部表情由原来的严肃变着了一丝怪诞的微笑，然后嘴巴慢慢闭着。那变化后的表情仿佛是在抗拒一种让人痛苦的气息，他用微笑来迎接这种痛苦气息的侵蚀。

见张面部此时如此变化表情，我心里十分难受，也十分复杂，既紧张，又内疚，又不好意思。心想张心里定在说：你一个大都市来的人，怎么就不拘小节呢？怎么在这个如此美的风景里就要放出如此怪味的气息来呢？

的确，我也有些责备自己，我此时为什么不把那有些怪味的屁憋住呢？我为什么要刚看到那一河翠绿清澈的乌江水时，就散放出那难闻的怪味呢？那一河乌江水可是清澈的呀！那么，此时沿途或汽车内的空气也应是清新的才对。

可是，此时，我鼻孔里却充斥着难闻的气息。

在我心里不停责备的当儿，只见张开始慢慢恢复原来的表情，并开始张嘴继续他的摆谈和自由呼吸了。

张说："游客增多了，为了保护乌江的清澈，政府现在也加大了对乌江的整治力度，前两年看着有些污浊，这一年要好多了，不过走近看，江中仍有些沉渣可见。"

"的确，我在这汽车上看，这乌江水，是世界上所有河流中最清澈最绿蓝的，最美湟的，只是岸边和江中央，会看见一些沉渣漂浮着。"看见张恢复了原来的表情，我心里也跟着释怀了并放松了情绪。

这张朋友不愧是上了年纪的人，当沉浸在痛苦的气息

时，都是面带微笑，看不出有一丝的责备，看不出有一丝瞥视什么的表情。

他真是宽宏大量呀！我在惊奇他的城府时，心里也对他大加赞赏。

沿途，山是奇特形状的美；而此时的乌江水更是绝妙的美，一河的翠绿，盛在山峡中，如一河的莹绿色玉珠。让人遐想自己不是在人间，而是在仙宫。

我在欣赏山脉如画时，也在尽情欣赏那唯美的乌江水。当汽车到达目的地戛然停下，我却责备汽车似乎开得快了一些。

2014 年 3 月 17 日

开垦者

到达目的地，兴许想着我有"地主"张朋友的照顾，不必为吃、住操心的缘故，当张提着我圆筒旅行包噔噔地走在前面，并向公路坎下他的住处走去时，我显得恰然自得地跟着其后，沿着用山上的石块砌成的阶梯时快时慢地一级一级地往下走去。

此时，龚滩老街就在眼前，就在这公路懒坡下长长的臂弯里。我一路走走停停并放眼望向前去，只见那清一色的灰色的瓦屋面和黄色的木楼组成的阁楼，重重叠叠、高矮无异地向两头延伸。阁楼一栋一栋地连着，连为一体，并形成一大片古色房屋景色。

这一大片古色楼阁房屋，静静地盛在山坡臂弯里，没有任何举动，没有任何别样的其它鲜艳的颜色掺杂其中，也没有任何特别的声音惊扰，惊扰这一方土地的上空。

仿佛它们在静静地享受当前空气的清新的同时，在默默地回忆那古老的惊与险的故事，在聆听并辨别风的习习地吹拂着那流动的方向和声音。

"好一片静地！"我停在第五步阶梯上望着眼前轻呼道。

因张在前面催促，我加紧了脚步往下走了几步，刚好来到一拐弯一小块平地处。

通常人们在爬坡或下坎时，遇着平地都会不由自主地要停下脚步，或歇歇气，或欣赏周围的景色。

正当我在这平地停下歇气的当儿，在我左边坡坎一小片有些平且又有几处凸出的小石包，并有少许黄色土质的土地上，两个年轻夫妇正握着锄头，并弯着腰，在极认真地开垦那极少许的土地。

他们是那样地仔细，又是那样地专注，仿佛那极少的土地对他们来说是极为的珍贵。

他们神态专注地看着那土地，并一锄一锄地挖着，似乎那土地里藏着宝贝，他们在土地里正寻找宝贝一般地挖着。

"这么点点土地你们都要开垦吗？能种什么呢？"我走过去不禁好奇地问道。

"你们坡上面没有庄稼地呀？怎么在乎这一点点土地呢？"不等他们回答，我又紧接着问道。

"我们用它来种一些蔬菜，再种一些平常吃的佐料方面的，如葱和蒜。"那年轻的丈夫听有人给他们打招呼，就直起腰来，有些腼腆地看了我一眼回答。

"我们是镇上的人，是没有土地的。"年轻的丈夫说完又补充一句。

"是不是土地越少，就越是珍贵？"我笑着问他。

"当然，在我们镇上，像我们这种人不少，只要近处有荒着的土地，都想把它开垦出来，然后，种上各种各样的蔬菜、佐料什么的。如在近处有多的，我们还可以种上玉米、胡豆之类的。"年轻的丈夫笑着说道。

"看来你是喜欢利用土地的了"我说。

"说实在的，个人种一点方便一些，不然什么都要花钱去市场上买。虽然这点土地不多，但我花力气把它开垦出来种上我能种的，自然我腰包里的钱就要少花一些。有土地就是好，只要你种上什么，就一定有收获，而且你经营得好，还会有好的收成。"年轻的丈夫一手拿着锄把，一手叉着腰笑着说道。

"你说得极是，但现在农村却有很多年轻人外出打工的，不愿种那庄稼了。"我说道。

"就我个人认为，有的农村年轻人的确是到外面挣钱来为家里添补。而有的农村年轻人却是怕吃苦，在农村早出晚归地在土地里刨耕，他们哪里愿意，于是就借口到城里去逍遥。你以为他们过得好么，不一定，他们是在一天天地磨日子。我认为他们在城市里无名无分地生活着，他们是硬撑着过的，实在撑不住了就想歪门邪道的也有。你看在城里拿固定工资的人过的也不咋样，何况你一个无技术无稳定工作的打工仔呢。"年轻的丈夫沉着脸埋下眼睛说道。

年轻的丈夫在说这些话时，不知怎么的，我的心里一

阵颤巍巍的，甚至有种强烈的想法，那就是：要是我有块属于我的土地该多好呀，我可以在上面自由耕种，自由收获着。我勤劳一点，或许正如那年轻的丈夫所说，我就多收成一些，如果我懒惰一点，那么，我就少收成一些。这多与少，完全由我自己掌握。我不求人，我不用动脑子想着该向别人说什么话，我同时也不担忧我的行为是否超出原则，而被人冷落一旁不理不睬带来的烦恼。我更不用烦恼有的人有的事对我的不公。啊，当我在想这些时，我的眼前仿佛真的就有一片我辛勤耕种的那茂绿的庄稼了，甚至想到在收获季节，那一筐一筐的粮食堆满屋的一角落的情景。对此，我那心情的喜悦又是何等的难言难表达呀！

"你住在镇上，定是有工作的人吧？"当我想完这些回过神来站在一个突出的小石包上，在弯腰扯身旁的野草的当儿问。

"没有，我们夫妇俩都没有。"那年轻的丈夫重新弯下腰挖着土回答。

"那……你们的经济来源从哪里来呢？"

"靠我外出打工和家里在旅游季节获点收。"

"那你怎么现在在家里？"

"我是刚从外地回来……但外地的钱不是那么好找好要。家里娃儿在读书，她一个人在家又孤苦伶仃，想找个人拿什么主意都不行，想找人说说什么心里话都不行……我想回来住一段时间再说。说实在的，还是家里好，一家人在一起，哪怕吃差一点，但心里却是安宁的，慰藉的。"

年轻的丈夫轻言细语地说着。

"我喊他不要出去，就在老家找点什么事做，只要你吃得苦你肯干，虽然大钱找不到，但找点小钱过日子应该是没得问题的。"在年轻的丈夫身后，一直弯腰挖着土的妻子，这时直起身来有些愤然地说道。

对于妻子的说法，丈夫没有说什么，看来他对妻子的说法心里已经赞同。

"现在到处都是一样，到处都在搞建设，搞发展，说来你到外面也要靠你辛勤付出才找到钱。但外面总的说来没有家乡方便，家乡熟人熟地的，心里踏实，只要你是一个用心的人，说不定找钱的路子比外面多。"那妻子又说道。

对于那年轻的妻子的说法，我心里再三思量后也觉得有些道理。的确，什么事说来都是自己的家乡好，家乡需要建设，家乡建设也需要人，何不就留在家乡，为家乡做点什么事，为家乡尽自己的一点薄力也是一样的。

城镇也是一样，农村也是一样，特别是农村，越来越多的人抛弃自己的耕地，离乡背井到他方，真的好吗？真的各方面都会改善吗？我不禁对那年轻的妻子看了一眼，很清秀，很踏实的形象。原来这样形象的年轻女人看问题却有些深彻呀！我料想她的丈夫在她的说服下，很快就会在家乡找点什么正事做的。

"嘀嘀！"这时我手机响了，我看号码是张打的，他兴许到了屋见我没有跟上，就又催促我了。我心里这样

想道。

"你旁边那葱也是你们种的呀，长的绿油油的。"我一边往路上跨，一边称赞。

"是她种的。"那年轻的丈夫听了，又直起身子用轻快的语气回答。

"哦。那，不好意思耽误了你们的时间，你们慢慢忙，我朋友在催了。"我说完向他们摆摆手，就快步向张的住处奔去。

2014 年 3 月 18 日

龚滩老街

当我快步奔到张那三楼一底的木质阁楼门口处，我并没有立马跨进去，而是顿了一下扭头往里瞧了一瞧。

只见底楼偌大的房间里，摆放着几张四方饭桌。最里面是厨房，厨房里灯光明亮。而此时，张那矮胖的背影正背对着我站在厨房门口处，他仿佛在和厨房的人作交涉……

我瞧了一瞧后又立马扭头快步向前走去。当走过张的住房门口，我就放慢了脚步，然后开始漫游龚滩老街。

龚滩老街在乌江沿岸。称它是老街，是因为它已有一千多年的历史。原来的情形我不说，实际上我是说不出，我就说我现在看到的情形吧。

我沿着街巷信步往前走着。街巷并不宽敞，大约有两米五见宽。地面均是由坚实的石板铺成，石板光滑无棱，平坦且银亮。这，不但显示了它的年限已久远，也显示了它的沧桑经历吧，我心里想道。

虽然现在它上面并无图文记载，而它却清楚地写满了

从远古到现在，曾经的白天和黑夜所历尽的坎坎坷坷，以及风雨和惊险了。

街巷两边是清一色的黄色木质楼房，两层，三层，最高四层不等。住家与住家之间都是一道木板墙隔着，它们实际上是亲密地连为一体的。这连为一体的木质楼阁的住家一户一户地往前延伸着，望不到尽头，只待你挨着挨着往前丈量，往前探寻个究竟。

屋面全身是清一色的灰色土瓦。

这木质的层墙和灰色土瓦组成的楼阁，无不显示出这里人们生活得安宁和轻快，也无不用另一种美方式显示出时代的最终追求。

沿街，有的人家在底楼摆放几张饭桌，在进门处的左边或右边设一收银台，在收银台后面墙上设三层搁物柜，柜里摆放着各种饮料或酒水，房间的最里面就是厨房。

有的人家在底楼卖小百货，有烟、酒、茶、餐巾纸、卫生纸、洗脸帕、油、盐、酱、醋、茶、面等具备。

有的人家底楼就是自家的饭厅，在门口处安放一卤料锅，在卤料锅旁放一铁盆，一边卤料锅里煮着香喷喷的豆腐块，一边把煮好的放在铁盆里；通常，这香喷喷的卤料香气飘着，在很远就能闻到。经不住诱惑的游客，往往会寻着这香味前往买上数块，然后津津有味的一面品尝，一面欣赏街巷两边的稀奇景色。

有的人家在底楼卖古装和特色衣服，以及各种首饰和装饰品。有的人家在底楼门口外，安放一张木板，木板上摆放着自己亲手做的布鞋或精美的玩具或精美的摆设品，然后，门槛上坐着一个缠着白色围腰的年老女主人，手里一边做着手工活，一边坚守着她的作品等待游客来光临。

街巷里没有喧闹声，游客静静地走着，或欣赏，或拍照。他们一会儿走进一间屋观赏或搜索自己喜爱的物件，然后从屋里出来又继续沿街往前走。

从游客轻轻的说话声音里分别出，有本地的也有外地的。游客中，有背着背包的，有挎着手提包的。有成双成对的，有成群结队的，也有孤身一人的。

虽然游客有诸多的不同，但他们却都有一个共同的愿望，那就是在寻找稀奇和寻找开心，以及寻找不同之处，也在寻找这龚滩老街以往的回忆。

主人家则是静静地等着和静静地观察着，如有游客上前问或买东西，他们才开口回答或介绍或讨价还价。当游客离去当儿，他们会道一声："慢慢走。"然后，主人家又恢复原来的静静地等着和静静地观察着，又恢复他们原来坐的姿态或站着的姿态。

自此，这街巷的情景是，游客在欣赏街巷两边的景色，而主人们却把游客当作景色在欣赏着。

的确，当游客静静地沿途欣赏，而主人们却在静静地等待和观察，仿佛这古老的老街就一个"静"字了得。人们在静静中欣赏，在静静中观察，在静静中享受，在静静中回忆，在静静中迎接今天和明天文明的生活么？

街巷里，也偶有几只狗嬉闹或争抢食物的"汪汪"声。

我孤身一人在这陌生的地方信步往前走着，我也在寻找稀奇，寻找与我长久呆的地方的不同之处。当然，也在寻找这龚滩老街往日的痕迹。

沿途，我总以为在这样的老街，应有一间盖碗茶馆，并且茶馆里有一个像成都李伯清一样的人在里面说着惊心动魄的故事。茶馆里坐满了人，人们坐着一面品茶，一面啃着瓜子花生，一面聚精会神地听着说书的人说着精彩的故事。

然而，沿街，我已走完了一半，也没有一家这样的茶馆。

我正有些寂寞无趣的心情时，突然前面阵阵嘹亮歌声跃入我的耳朵里。我为之一振，我三步并着两步地寻着歌声追逐去。

原来是一人家在一场坝上办嫁女酒宴，唱歌的人来自这户人家请来捧场的乐队。只见场坝上坐满了及站满了亲朋好友、左右邻舍，和看热闹的游客。

场坝上大人们张着嘴微笑着痴迷地看表演者演唱，小孩们却相互追逐着嬉闹。

上空，歌声在阵阵缭绕，在一声声回荡，仿佛要把这沉静中的老街，变出另一番激情的喧嚣。把这沉静的老街，唱舞动唱活跃一般。

我把此情此景保留在了我的手机里，我想在我感受老街寂静的时候，我会拿出来翻看着一面回忆。

这老街两公里的路程，我看了时间，我从 2 点 30 分开始走，到现在的 3 点 30 分，我走走停停地花了 1 个小时，算走完了。

我站在尽头往回看着，顿感那黄色的木质层楼和灰色的瓦屋面组成的楼阁，最是牵动着我的梦幻和我的思绪。梦想着要是这其中的一楼阁是我的生活亲密，我将在这古老的气息里，静静地谱写出我最美的人生经历。

2014 年 3 月 20 日

乌 江

  我游玩了龚滩老街后，我并没有往朋友张的住处折身返回。因此时我正被眼前的另一处景色万分诱惑着，而使我不得不改变原来游玩老街就回朋友住处的想法，便满怀激情地从老街尽头沿下坡往坎下奔去，往乌江江岸奔去。

  的确，在之前，当我得知在我们中国南方有一条乌江时，总认为它只不过就是与我每天看见的长江一样，春秋冬季时，一江的清亮闪银，银波荡漾着习习地向远方淌泻。到了夏季时，则是一江的黄浊色，并如万马聚集一般，浩浩荡荡地一边侵蚀着离它最近的两岸的庄禾或房屋，一边向远方滚滚驰奔。以至于，当我听说乌江时，却是对它不屑一顾。

  然而，就在今天，就在现在，当我猛然发现它，当我有幸来到它的面前，当我有幸真正目睹它的真容时，我……我不知怎样个来形容我此时的心情了。

  是的，此时，我正紧紧地看着它，我并开始怀疑我是否是站在地球上。

"这可是传说在天宫中才有的景致呀！我现在该不是处在幻觉中吧！哦！真是美呀……"我一面如幻地看着眼前的情景，一面心里不停地惊叹着。

只见眼前，在两岸高高并起伏不定的青山脚下，一条墨绿的彩带在山脚下很明亮的光线下闪闪地飘逸着，并向远方默默地延伸去。仿佛它要去远方展示它的绝美，或者是到远方装扮另一处需要装扮的富饶之处。

它又如那盛满山谷的一江深绿翡翠，她们之间似乎正嚓嚓有声地相互摩擦碰撞着，并发出闪闪绿光，使得河中那水显得绿色灿烂，灿烂得又如滴滴珠明，而每一滴珠明显得尤为地诱人尤为地珍贵，并使得那两边的青山也显得尤为地高贵无比哦！

我沿着江岸，迎着轻拂的河风如痴如醉地欣赏这眼前的景致。

它是如此地绿呀！如一位不知名的圣人不小心倒入的墨绿墨水；它同时又是如此地青呀！如那两边青山流出的积蓄了万年的浓浓的墨青色的精髓；或者说是那两边那高耸的青山的倒影所致如此的颜色么？

它也并不失清洁，在岸边浅滩处，那水下卵石的大小和种种颜色都粒粒分明，沙粒混杂也粒粒洁净可见。

是不是这龚滩老街的人吃这水不用沉淀呀？我心里在这样想时，不禁往那坡上的老街仰望了一会儿。

我收回眼光，继续痴迷地看那乌江，欣赏那乌江水，欣赏那乌江水的每一处每一粒每一条波纹的闪烁光芒。

这闪烁着的光芒不单是银色的，还是银绿色的。这银绿色谱写着它在这人间显示出的奇景，谱写着这大自然的伟大魅力和那美的图案的描画的最佳艺术奉献了。

是的，这就是大自然原始的艺术美了，是奉献给人类的，同时也是装扮大自然它自己的多彩身姿！我赞美着这美，我也敬重这美，我更是惊叹这美呀！

我承认我对它是万分陶醉了，我甚至认为它绝不是一江水，而是一江碧玉，是上天赐予这方圣地的取之不尽、赏之不够的金贵的碧玉。

我再甚至认为，原来那龚滩老街和龚滩老街的人静如止水，生活如此休闲安逸，难道是有眼前这一江碧玉的缘故？于是便不用忧不用愁，也就不用烦躁不安了么。

我这样思量时，越发地喜爱那墨绿般闪闪碧玉似的乌江水了。我不禁寻着江岸一方便处走去，来到江边蹲下，然后虔诚地掬起一捧水倒人口中，再掬起一捧水倒人口中，再三掬起一捧水倒人口中。啊！好舒心呀！我的心顿即好一阵透凉。

是的，我知道，我终于心满意足了，我终于让这我喜爱至极的物件成为我体内的一份子，并融入到了我的血液了。

我还希望让它给予我如它一般的神圣的灵性，而成为我永远我渴求的圣灵。

啊！啊！真是："蓝空白云坠江怀，两岸崇山碧影缠。一河乌玉清如黛，岸人畅饮醉徘徊。"

此时，我舒心得不禁作诗一首名为《饮乌江水》。即便如此，但也无法表达我心中那飘飘欲坠的情意。

因时间有些晚了，我不舍地往张朋友住处走去。然而，沿途，我是一步三回头地看着乌江的：

谢谢了，乌江！谢谢了，这闪闪银绿色的！愿我与你一样美丽，一样为人敬重为人歌颂不止！

2014 年 3 月 21 日

初进张的栈房

4 点 38 分，我走进张的栈房。

我走进栈房，站在厨房门口处的张，猛回过头来惊奇地看着我，眼睛里仿佛有一百个疑问。

我知道，对于我这两个多小时的去向，作为地主的他，定是极想知道的。

"刚才我去游览了你们这龚滩老街了，我还到乌江沿岸走了走，我没想到那乌江水是如此之美呀！"我看着张望着我疑惑的表情，一面舞动着双手，一面兴奋地向他说道。

"喔，你花了这么多时间呀？"张有些责备地、不敢相信地说道。

我没有回答，只是面带微笑地看着他，看着面前的人。

"来，我给你介绍，这是大张姐，这是小张姐，她们是我请来打理这栈房的。"看来张对我去游览了这老街，和到乌江沿岸闲逛的事情并不感兴趣，他指着在厨房里正忙着的人，一位年龄看上去有 65 左右的中年妇女，让我叫她大张姐。然后转过身来指着在进大门方向，在右边柜台里那个年龄在 58 左右的中年妇女，让我叫她小张姐。

我面带笑容地一一叫了。

然而，在我叫她们时，她们脸上却是复杂的表情看着我。我知道，我是个女性，而张恰恰把我这个女性带到了他的栈房里。我也知道，关于这种情形是个难以说清楚的事情。

只见她俩睁着复杂的眼睛，一会儿看看张，一会儿看看我，仿佛想弄清楚我与张到底是什么关系，然后根据我们的关系来确定用怎样的态度来对待我。

见此情景，我双手插进裤兜里，很洒脱地在饭厅转了转，然后又信步走到厨房里转了转，然后我又洒脱地说："不错，还可以，环境不错，这厨房也挺明亮干净的。"

我话刚说完，张对着那两个仍睁大眼睛，仍惊奇的样子的妇女说："她是我重庆的一个朋友，她是来……"

"我是到龚滩来游山玩水的"我轻松地极快地接过张的话说道。

"张这次来麻烦你了，也感谢你。"我看着张又紧接着轻松地说了一句。

听了我与张的对话，两位中年妇女才放松心情各做各的事情，就不搭理我了。

见她俩各自散去做事情了，我心里不禁轻笑了一下。

张说："你的房间我已安排好了，在最上面层单人间。"

张说完就把他搁放在饭桌上我的圆筒旅行包，提着往楼上走去，而我也毫不客气地洒脱地跟着他往楼上走。

在我与张一前一后地拾级上楼时，木质的楼梯每跨上一步就"咯吱"地响一声，以至于在我两上楼这段时间，这木质楼梯都是"咯吱！咯吱！"地响个不停。

甚至这整栋木楼也"咯吱！咯吱！"地响个不停。

听着这声音，我惊叹不已，我也尴尬不已。

来到四楼，张提着我的旅行包往右边走道走去，直到尽头时，他推门进了一间单人间屋，然后把我的旅行包搁放在房间进门最里面一角落处的木质小方桌上。

"你休息一会儿，重庆另有两个朋友来了，等晚饭时我陪他们吃火锅，完了我另外再炒几个川菜，再来叫你陪你吃。"

张说完就踏着"咯吱！咯吱！"的声音下楼去了。

在张踏着"咯吱！咯吱！"的声音下楼时，我站在他指定给我的房间门口，一直听着那由大到小，由近到远，由重到轻的"咯吱"声音……这声音不断变化着，如一种伴奏的乐器一般。在听那"咯吱"声的同时，我在感受着这栋木质阁楼的颤动，如江河里的波纹，一起一伏。那"咯吱"的响一声，这阁楼就颤动一下，而此时，我的身子也随着这阁楼的颤动，也上下颤动着。仿佛张那矮胖的身材，不是在阁楼里走动，却是在一娇弱的人身上的一头踏动一般，而我却站在娇柔人身上的另一头。

这种感觉是奇妙，也是惊心动魄的，仿佛这木质阁楼是一个娇生惯养的孩儿，只要你惊动他，他就会尖叫呼喊。

听着"咯吱！咯吱！"声，我站着不敢乱动，心想，不知来这栈房住宿的游客是怎么个想法，是怎么个感受，兴许他们觉得这是另一种音乐般的享受吧。

或者说是，兴许觉得自己被这木质的阁楼出卖了，自己稍一点动作，这栋楼就提醒你似的"咯吱！咯吱！"的叫着，或告诉别人似的"咯吱！咯吱！"地叫着，直到你没有动作了。

我一边听着这声音，一边前后思量着，直到这"咯吱"声消失，直到这阁楼不在颤动和我不再上下颤动，我才转过身来观察我将短暂住两天的房间。

房间不大，屋中间，一张双人床顶着墙并面向进门处摆放。床上那盖的和铺着的都干净无比，并且摆放折叠得整整齐齐。

因是三月的天气，那盖的和铺着的，主人都布置得很厚实，这厚实使得这张床显得是如此的惬意和如此的温馨。

"游客们睡着这样的床，一定会感觉如在家里吧。"我见此情景心里想道。

四周墙都是黄色的木质隔着，屋的空间不高，大概就是 1.8 米左右。在进门对面墙的上方，设有 40 厘米高度的花格风窗，这风窗主人用 50 厘米高的黄色布帘来遮着。

整个房间的色调就是黄色一片，除了床上那盖的和铺

着的是洁净的白色外。

就我个人而言，我是喜欢卧房这样颜色搭配的。

进门左边对面墙，有一道开着的门，我走到门口，此处有一小巧的外挑阳台。我站在阳台上，扭头往左边看，却一眼看见了那碧蓝的乌江，以及对面那巍巍的青色的高山。

再抬眼往前看，就是龚滩老街的全貌了。那清一色的灰色瓦屋面铺展在眼前，并往前方延伸去。这延伸去的，如一条肥滚滚的灰色龙，正安逸地躺在山弯里。扭头往右边看时，就是另一座高高地环绕着的山屏，在山屏腰下，就是新建的一片龚滩新街。新街的房屋都是砖混楼房，五层、七层不等，墙面都是清一色的清水墙。这一片楼房，重重叠叠铺展在半山腰，它们在这青色的山屏中，显得是如此的崭新，显得是如此的醒目。

在我目前所见的这一片天空下，这片土地上，原本是一片灰色的瓦屋面和一条墨绿的乌江，以及左右两边围绕着的巍巍的青色高山组成的整个深绿的颜色，而那重重叠叠一片清一色清水墙楼房的颜色，就显得尤为突出，如这一片深绿颜色中点缀的白色了。

就我看来，那左右两边围绕着的山组成的整个形状，如一个大大的张开的贝壳。那所谓白色的一片新街，和一片灰色瓦屋面的老街，以及那如碧玉的乌江河，就如贝壳里的物件一般。

这整个巨大贝壳是肥壮的，这肥壮显示了它的富裕。

当然，这富裕，我指的是自然资源的富裕了。

这古老的龚滩真神奇！这神奇的地方在悄悄地变化。看着眼前的异样，我心里由衷的思量着。

兴许已经过半天的折腾，我感觉我有些困乏了，我从房间里端出一张椅子搁放在阳台上，然后，我面向对面那青色高山坐下。我心里对那高山说："我要让你看着我进入美丽的梦乡，让你看我的梦有多么多么的灿烂……"

当我心里对大山说完这句话时，我就美美地睡着了。此时，我来到了一个和谐自由的，并有绿色丛林的伊甸园里，并与伊甸园的人们欢畅地谈笑着……

2014 年 3 月 22 日

晚　饭

　　我坐在阳台上小睡一会儿醒来,感觉思维灵敏了许多,我本想写点什么,但后来还是决定看看书。于是进屋拿起枕边的外国小说《小妇人》,然后重新来到阳台处椅子上坐下翻阅起来。

　　突然,我的肚子"咕噜"地叫唤一声。我看时间,却是下午6点18分了。

　　我记得张朋友在离开我房间之前,对我说,晚饭他要先陪重庆来的另外两个朋友吃火锅,完了,再陪我吃炒川菜。为此,我寻思张为什么会这样做呢?他是尊重我的口味?还是小瞧我不配和他朋友在一起吃火锅?还是我是个女性,他在顾忌什么或者回避什么?我捧着书思量着不得要领。

　　当我这样思量时,我的精力就集中不起来了,总想着楼下此时在发生什么。他们此时是否围着一桌或者在津津有味地品尝着火锅,或者一边在喝酒一边在摆谈说笑,一边又各自在酣畅淋漓地烫着火锅吃呢。而我却被冷落在这楼上，让我独自饿着肚子。

当我这样想时，不觉对张朋友先埋怨起来："何必呢？难道就多我一个人吗？我一个女人能吃多少呢？大不了我给钱就是。"

后又在心里无端地责备张："我不就是一个爱好文学的么，何苦要这样尊重我呢？你叫我与他们一道吃，还能替你省下另外的麻烦。"

我就这样一会儿埋怨张，一会儿责备张，心烦意乱地思量着。我虽然到这里来，仅仅是住两三天，但毕竟是寄人篱下，只有客随主便罢了。我心里不由地又说服自己道。

"桧子，走，吃饭，我朋友已经来了，下去和我们一起吃火锅，你不怕辣吧？"正当我独自一人在那里无端思量时，张踩着"咯吱！咯吱！"的声音上楼来对我说。

笑话，我一个重庆人怕辣，我怕辣就不是重庆人了，我还希望辣呢。当张这个重庆人问我这个重庆人是否怕辣时，我心里有些笑话张，心想，你张在重庆人面前怎么问怕不怕辣呢，这不是不了解重庆人么。我心里想是这样想，但没有说出来，只是一边答应着一边跟着张惶惶地下楼去。

当我跟着张来到底楼饭厅，只见已有 6 个中年男女围坐在桌旁了。

3 月的季节本还有些寒，但此时，在这屋中央煮一锅热气腾腾的火锅汤，这火锅汤周围坐着 6 个人，顿时，这

有些寒的天气，这有些寒的饭厅，就显得尤为的温暖融融了。

按张的介绍我才知道，有两对夫妇是他的邻居，有一对夫妇正是张那重庆来的朋友。据张进一步介绍，这重庆来的夫妇与张的年龄一样大，是当年在龚滩当知青时认识的，至今他们仍有来往。

看来张是尊重我了，他让我挨着他对门的邻居，一个年龄比我小姓刘的妇女坐上方。而张挨着我右手边的另一方位置坐着。

大家相互匆匆认识礼让一阵后，一边说着话一边夹着菜，然后怀着各自的心思在锅里耐心地烫着各自喜爱的食物，然后夹到碗里吹着热气呼呼地放进嘴里来吃。

有吃得斯文的，有吃得粗鲁的。吃得粗鲁的大多是不好意思包在嘴里花时间来嚼，或者是肚子饿极了的。我属于第二种吃得粗鲁的。

"来，大家举起杯，把这杯中的酒喝了，为我们的有缘相识干杯。"这时，只听张举起酒杯对大家说。

正当大家仰着脖子把酒杯中的酒喝了搁放到桌子上时，只见我对面坐着张的男性邻居，一面用眼睛紧紧地看着我，一面说道："张，你旁边那位是你新认识的女朋友呀？"

"不是，是我重庆的一个朋友，她到这里来办事。"张砸吧着嘴里未吞下的酒惶惶地回答。

"来，今天感谢张，在这里有幸认识大家很高兴，我先来敬每一位，这位大哥我先敬你。"等张回答完，我就端着酒杯站起身，举着酒杯洒脱地对对面那位男性邻居说道。

我说完不等对面那位大哥喝酒，我就先一仰脖子把酒喝了。然后，我又从张那里开始一一地向每一位敬酒。

我心里是很清楚的，我这样做主要是为了打消大家对我与张有什么特殊关系的念头，以及为了消除张那无缘无故的尴尬。

中国的传统意识就是这样，只要你两个单身异性走在一处，或者，来往密切，那别人就认为你两准是在恋爱或有暧昧关系了。以至于，这样的传统意识，闹出了不少的笑话，也闹出了不少的悲剧。

兴许坐在我对面的男性邻居来吃这火锅，主要是来看我这个陌生女人与张的关系的。见我如此态度，心想与张并无什么特殊关系，并无什么可要说的，可有稀奇看的，吃了一会儿，就起身与他老婆离席了。

此时正好跟着进来一个背着麻布口袋的 70 岁上下的农村老大爷。此时，我心里想，原来我对面那位大哥的离席，仿佛专为等这位农村老大爷的到来一般。是那么的准时，是那么的巧合呀！这一去一来，真如人们常说的那样："这人生如戏，一去一来，是有个定数的。你要做什么事，来得早也不行，来得晚也不行，不如来得巧。"

那重庆来的夫妇朋友，听说我也是重庆来的，就与我亲近一些。丈夫姓周，妻子姓刘，我叫她刘姐。刘姐给我

介绍刚才进来的农村老大爷是她当知青时一个生产队的，也姓刘。

"刘大爷，来，我敬你一杯酒，祝你老人家身体健康！"我端着酒杯站起身对刘大爷道。

"他身体健康，我在他生产队当知青的时候，他背粪、背水浇灌庄稼时走路如飞，我们年轻人都赶不上他。"刘姐笑着对我说。

刘大爷端着酒杯咂巴了一下摇摇头说："现在不行了，现在老了病痛出来了。"

"那粪便背着不浸透一身呀？怎么不用肩挑呢？"我惊奇地问刘大爷。

"他家在山顶上，庄稼都在半坡上，挑着走不方便，只有背，他那背篼是用木质薄板围成，粪便不会浸透出来。"刘姐的丈夫解释。

"哦……，但是你背着闻着不怕臭呀？"我焦头烂额地看着刘大爷，仿佛看见他此时背上又背着粪便的情景。

"习惯了就不怕，何况始终庄稼要紧的嘛，想着有粮食收成哪里还怕臭哦。"刘大爷坦然地笑着说。

"现在仍然是这样背粪给庄稼施肥呀？"我追问道。

"他两个儿子都到外地打工了，庄稼种得少了，现在是靠天吃饭了。"刘姐告诉说。

"哦，那你们那里出去打工的人多不多嘛？"我问。

"多，凡是年轻力壮的大多都出去了，都说到外面打工是要比在家种庄稼划得来些，家里的庄稼就是我们这些老年人来种了。种地少了，粮食少了，就到市场上拿钱买来吃，但哪来这么多钱哦。"刘大爷怀着别样的心情说道。

"国家为了鼓励农民种庄稼，不是每年还给了农民补助费么？"我笑着问。

"是给了的，一年每家几十块钱。哎！钱那个东西谁见了都喜欢，不知分到我们手里的，是不是国家政策规定的数目？这钱呀好像越多越不够。"刘大爷在说这句话时，脸上轻笑了一下。

我知道刘大爷那轻笑的含义，的确，人都是复杂的，社会也复杂。这个社会，仿佛就是根据人的欲望而不停地被推着往前发展，不断地变化着的。不然，人人都那么纯朴，且不是说这个社会各种供求已达到饱和了，就会懒得动了不前进了。

我本是个老百姓，又是在农村出生在农村长大，所以，总对农村怀着无限感情。此时，刘大爷见我对农村十分感兴趣，以为我是政府派来调查的，就把一个农村人对目前社会那好的坏的想法都坦然地说了出来，仿佛我能帮着解决他所虑的一些事情。

他在说话中，总是用极信任的眼光看着我。说实在的，我对他那眼光感到无能为力，也感到很内疚。

我说："现在我们国家的政策越来越好，每条都是为着我们老百姓着想的，现在的日子不是比原来好很多很多了吗，以后肯定会更好的。"这句话我说的是实话，我是完全相信在不久的将来定会实现我们每个人所愿的生活，

所以，我是怀着十分自信地对刘大爷这样说的。

"好，肯定是比原来要好，比原来自由自在了，庄稼地里种多种少都是自己的，种与不种和种什么也是自己的事情，只不过，要是政府帮着我们把那腰包鼓起来就好了。"刘大爷满脸纯朴地笑着说。

"大家都这样想"我说。

这顿火锅吃得久，张说："要到10点钟了。"

当大家都扭头往墙上的时钟看时，见果真快10点了，于是都起身。

见大家站起身散去，张吩咐大张姐和小张姐来收拾饭桌，自己就往楼上走去。

跟着张后面走的有刘大爷和我，我走在最后。

我们跟着张踩着"咯吱！咯吱！"的声音来到二楼，二楼这时并没有开灯。

不知怎么的，当我和刘大爷保持着距离也来到二楼时，见前面的张如一个黑影站在二楼过道上，从窗户射进来的依稀的光看见他正扭过头看着我们。此时，我与刘大爷都停下脚步，也都看着张，看着张那黑影。

我与刘大爷都以为他这个主人要对我们说什么，或者要吩咐什么，我们就都这样站着停下看着他。然而，张却并没有说一句话，他只是对着我们站了一会儿，然后迈步走到他住的房间的门口推门向他的卧室走去。

"早点休息！"张在关门的忽儿，停顿了一下，扭过头来对着过道上的我们说道。说完，把门轻轻关上了。

　　见他推门进了他的卧室，关上了门，我与刘大爷才又重新踏步，踩着"咯吱！咯吱！"的声音往楼上走。

　　我与刘大爷一前一后地来到三楼，见三楼过道仍然没有开灯，也是漆黑一片，只有从窗口射进来的一束光，隐隐能看见人的影子。

　　刘大爷走到了他的卧室门口，我料想他早已疲惫，会立马开门进去，然后又立马关了门。谁知，刘大爷却在他的卧室门口站住了，只见他一手把着门手，然后埋着头若有所思地站着，仿佛心里还有话没有说出来，想趁此机会给我说。

　　我知道刘大爷错把我当作所谓的能人了，总认为我能帮他做点什么。对刘大爷这个认为，我不知说什么才好。

　　在刘大爷停下脚步的同时，我也与他保持着距离立马停下了脚步。我看着站在门口若有所思的刘大爷，我没有说一句话。

　　实际上，我在等他说话，看他说什么，我才说什么。

　　然而，刘大爷在门口站着沉默了一会儿，也许觉得我只是一个对什么东西都好奇的人而已，顿了一会儿，就轻轻地推门进去了。

　　我看着刘大爷的门关上后，我才又迈步踩着"咯吱！咯吱！"梦一般的声音往四楼走去。

　　当我躺到床上时，这栋木质阁楼静了，而龚滩老街也沉静了，只是偶尔闻着几声打鼾声和几声梦呓声在这沉静的老街上空回荡。

的确，这几声打鼾声和梦呓声，让这寂静祥和的夜显得有些不协调。但是，这打鼾声和梦呓声却是生活中永远无法回避的事情！

在我快进入梦乡时，从我脑海里模糊地滚出这样一句话来，并伴着我进入了梦乡。

2014 年 2 月 24 日

到沿岩村看养老院

11日上午9点余，张从朋友处借来一辆面包车，他对我说，让我与他一道到沿岩村看他那租赁用来做养老院的房屋。

乡村是我喜爱的地方，张让我与他一道去乡村我很欢快地就答应了。

张会驾驶车，是出乎我意料的，我总认为他只是个算计着找钱的人。

张驾着车，沿着崎岖的山路一弯一弯地绕着山往上攀爬着。沿途，从车窗望出去，远处是一崇一崇的山，山的形状各异，有的重叠着，有的并排着，或沉默，或舞动，但永远在那一处。

近处是一片片斜坡，斜坡上是层层的庄稼地。

3月初的乡村，村民们已开始准备春耕播种了，在一块块的庄稼地里，能看到依稀的村民辛勤的身影，在土里深挖细碎，在铲除土壁上的野草。

那没有人耕除的庄稼地里，显得要毛杂一些，也显得

有些孤寂。他们仿佛在等待，等待它的主人来耕耘；它们仿佛又在呼唤，呼唤主人来把它有些僵硬的土质深挖细碎，来把它们精细地打扮，让它们也穿上绿衣，让它们也花枝招展，让它们也欢快活跃起来。

不过，它们仿佛注定要长时间地等待。

山洼处和低洼处的农田，有的已翻了新，有的仍保留着往年谷桩的残容。翻了新的显得如此新鲜，仿佛已看到黄灿灿的稻谷，已看到了人们满脸欢天喜地收割的景象了；而未翻新的，显得是那么的古老，又是那么的苍凉，如一个满头银发的古稀老人在那里喘息。

"这是沿岩村，看，前面那公路左边的三层楼房，就是我准备用来做养老院的房屋。"车子开到山顶一平地停下时，张指着车外对我说。

"你怎么到这里来开养老院？"我下车时问张。

"你看这房子对面有一个水库，还有对面满是树木的山，环境多好呀！"张满脸自豪地说。

我往张指的方向看去，的确，对面是不算大的水库，水库一旁是长满树木的一丛山。在对面的远处，也是长满树木的一丛一丛的山。

在水库近处的四周是一块一块的土地和农田，它们在这3月初的季节闲着，仿佛满身武艺的将军却是无用武之地一般，很尴尬地闲在那里。

在水库左边的不远处，是一片单层的房屋，其中也有三五栋两层楼房的。它们紧紧地集中在一处，有古色古香的装扮，也有崭新的装扮。它们紧密地在一处，仿佛相互在给予温暖，相互在给予安慰，相互在给予不是亲情而胜似亲情的爱。

在这古色古香、崭新的一片房屋的上空，空气孤寂地流动着，使得整片房屋显得十分清静。没有血气方刚的喧哗声，没有鸡狗相互的追逐声，却是老年人的咳嗽声，和老年人劳累了的喘息声，以及对远方亲人的思念那心的"咚咚"地跳动声。

这些声音都不大，都不响彻，却有些急切，它们要用心倾听才能听得到感受得到。

于是，我对张说："嗯，这个地方是不错，很清静，空气又好，地又平，如果打扮出来，是个养老的好地方。"

"然后，你再把有些荒了的土地开垦出来，种上花草，种上树苗，粮食你肯定是不会种的，就打扮成一个花园景观，这样，兴许这里会有人来，这样，也给这里的人们和土地增添一些热闹的气氛。"我笑着对张说。

"那当然，这个地方，年轻人不喜欢，但老年人喜欢，你看不远处那片房屋里大多数住着的都是老年人，这片庄稼地里的庄稼还是老年人种的呢。不过他们根据自己的力气，想种多少就种多少。我想到是到这里来养老的老年人，兴许他们也去开垦一片荒地来种庄稼呢。"张满怀信心地说。

"到时你还可以利用这水库的水，安上水管，把水库的水引来让这些老年人作生活上用，也可以在没人种的庄

稼地里安上水管，到时这些老年人开荒种庄稼时，好灌溉庄稼。当然，如你愿意做好事，还可以把水管安到那不远处的那一片每家每户的房屋里，安在那种有庄稼的庄稼地里，这样，说不定他们都会感激你呢。"我说。

"这个……我个人的力量不行哟！"张听了摸着头不好意思地说。

"那你就想办法呀，办法是人想出来的，不是么？"我鼓励张说。

"那我到时再说，关键是钱的问题。"张转身一面上车，一面说道，一面又吩咐我上车。

"有了钱也不一定能办成事情，要我说，关键还是人的问题。"我驳斥着张的话。

"哈！哈！哈！有道理，有道理。"张听了大声笑着开动了车子。

汽车载着张的一串笑声沿着一弯一弯的山绕着向山下开去。

2014 年 3 月 28 日

爬牛心山

　　我与张从沿岩村回到栈房已是中午刚过，兴许是不想打扰自己栈房的人，张就到隔壁栈房请我吃了一碗地方特色面。

　　张抹着油嘴对我说他饭后想休息，叫我也去休息一会儿。我回答张说："好的。"

　　等张踩着"咯吱！咯吱！"的木楼上去，我仍留在饭堂，因为这时我心里总想着对面那座高山。

　　关于对面那高高如屏幕的山，我第一眼看见它时，就为它命名为"牛心山"。

　　它此时不但在我心里装着，也老在我眼前晃动，仿佛在呼唤我去与它要亲密接触一般。的确，对面那牛心山，只要我跨出栈房就能看见它，并仿佛伸手就能触摸到它，触摸到它身上任何一个部位。

　　这牛心山如龚滩老街眼前的一道高高立着遮挡着的屏幕。是为龚滩挡大风大雨的么？它全身墨黑色，正对老街处位置山形最高，然后两边逐渐微微倾斜。从远处看它，

就是一个巨大的牛心子一般。由此，我把这山命名为"牛心山"，心里是得意的。

我决定要用这段时间去爬它。

我跨出栈房，面对牛心山，再次很认真地看了一下。只见在最高处往右边斜坡不远，有一凹口。从凹口处对下到山底，有一条羊肠山路。山虽陡峭，但我想由此爬上去并不难，也花不了多少时间，大概就是半个多小时。我心里这时这样算计着。

于是我折身返回到张对门的栈房，找栈房老板娘小刘问道："对面那山你去爬过没有？"

"爬过，来回花了2个半小时。"小刘答道。

"花这么多时间呀？一个小时不行呀？"我惊讶地问道。

"爬上去至少也要1个小时，然后在山顶走走看看，然后再下山，2个半小时说来都是快的。"小刘没好气地说。

我看手机时间，已是2点了。不行，我得马上行动。可我一个人去爬，虽然我并不害怕什么，但以防万一，毕竟我是第一次到这龚滩老街，又是随张一道来的。我不为我自己考虑，可这张朋友肯定是不放心的。

于是，我走进张的栈房，见张请的小厨师赖正坐在一处无所事事。

"我要去爬对面那山，你去吗？"我问小厨师赖。

"去，要去。"看来小厨师比我还积极，只见他一面说一面就往外面走。

　　我自认为我从小就对山与水有着别样的感情，当我与赖兴致勃勃地乘着人工划动的小船，再次亲密与乌江接触时，我不禁伸出手来再次掬起一捧乌江水倒进口中。实际上我是掬了三捧水倒进口中。"喔，真爽心呀！"我在轻呼的同时，兴奋地仰头看着对面山顶，然后感受着乌江面那风的清爽的气息。如那小船一样，让自己飘荡着，让心儿飞扬着，让思绪放飞着。

　　啊！这飘荡着的小船，这乌江水面上吹着习习的风，这如此墨绿甘甜的乌江水，让我顿感自己此时正置身于仙地，如神仙一般呀！

　　此时，我沉浸在这样美妙的仙境之中。

　　"这大自然是如此地让人享受呀！这大自然的风光真是让人如此陶醉呀！"我坐在小船上不禁沉醉在这情景里，深感此景是如此的难得。

　　当船到岸，我与小厨师上了岸，在要爬山的当儿，我又久久地回望了那一河墨绿，那习习荡漾着的乌江水。实际上我是再次在欣赏它，欣赏它那美是大自然的绝色，是大自然赐予人类的难舍难分的绝美景观。

　　我就要爬山了，我心里有些激动。我不由得在心里默念道："这位山神，今天很荣幸来敬拜您，请您赐予我力量，让我毫不费力地顺利地爬到山顶，我表示十分地感谢。"

　　我心里默念完我就启程了。

　　刚开始，小厨师走在我前面，看得出，爬这山，他是兴奋的。只见他迈着大步匆匆地往上爬。当然，我也不甘

示弱跟着他大步地往上走着。

小厨师有 1 米 6 的身材，身体壮实，肚子肥得微微往外凸着。不过看他那走路的姿势，料想他平常是个不会锻炼的人。

"哎呀！休息一会儿，我走累了。"走在前面的小厨师突然停下脚步喘着粗气对我说道。

因我心里算着时间，我看了时间刚好走了 10 分钟。我不禁惊讶地看了一眼小厨师，心想，走这么点点路程就喊累了。不过又想，人们常说：爬山不是简单的事情，要走走停停才是。

于是，我从他身边经过然后停顿一瞬时对他说："我们好像爬了三分之一了，我们加把劲，很快就会到了。"说完，我又连续往前走了。

"你看那山顶还这么高，离我们还那么远，还早着呢。"小厨师跟在我后面喘着粗气说道。

"你爬山怎么不觉得累，停下来歇一会儿再走。"刚往上爬了一会儿，小厨师在后面哀求似的说道。

"赖，这爬山时你不要把它当着高山来爬，你看准这路把它当着平地一样走，只管放松心情往上走就是。有些时候，你感觉累，是因你的思想感觉累时，你的身体就会感觉累。"我一面往上爬，一面不时扭过头来对赖说。

"哎呀！桧子姐，我真的不行了，你自己往前走，我坐在这里歇一会儿再来追你。"赖说着一屁股坐在他看都没有看一眼的地方。

"那行，你少歇一会儿，我慢慢走着等你。"我这样说着就自己仍往上爬。

我独自爬了一会儿，我扭过头来没看见赖的身影，于是，我停下了脚步，回头往后面喊道："赖，到哪里了？你加紧脚步，我等你。"

"桧子姐，你自己走，我实在走不动了，要不我在这里等你，我不想上山顶了。"赖的声音回荡在山腰。

这怎么行，这山虽然我不了解，但不管怎么说，我不能独自往前走，也不能把赖一个人丢在半路，我得说服他，跟上来。我心里这样想道。

"赖，你已经歇了这么久了，你是个男子汉，难道还不如我一个女性？你坚强一点好不好，不然，等会儿我回去告诉别人，别人会笑话你的。你赶快跟上来，我在这里等你。我绝不丢下你这个同伴的。"我说这话，自认为说的是激将的话，自认为这激将的话对赖定有用。

果真，不一会儿，我就看到了赖那痛苦的身影。

"桧子姐，难道你真的不感到累吗？一会儿都不歇。"赖在我后面喘着大气说道。

"赖，这是和平年代，我们心平气和、不紧不慢地往上爬，怎么会感到累呢？不知你看过战争片没有，你看当年毛泽东，领着几十万红军经过二万五千里长征，他们爬雪山，过草地，天上有敌机丢炸弹轰炸，后面有敌军追赶。他们沿途没有粮食吃，并随时都有生命危险，他们都没有停下脚步放弃过，而我们现在爬这山算什么，在这和平年

代，我们只是好奇好玩，是锻炼自己的心志罢了。既然你答应跟着我爬这山，你无论如何也要勇敢地跟着我爬到那山顶，这样才算有始有终。"见赖跟上来，我说些鼓励他的话，希望他不要气馁，跟着我到达山顶，和我分享山顶那另外的风景。

然而，我有些失望了，我失望得站在山腰想大声哭。因为这时，赖又坐在了地上，并坚决地对我说："桧子姐，这次我再也不起来了，我再也不往上爬了，我感觉我快要倒下了，我再往上爬，我感觉我就要生病了，我没有过高的要求，山顶我就不去了，我爬到这里我已经知足了，我只能是这样了，我已经尽力了。你自己往上爬吧，我在这里等你。"

天了，这个小男孩怎么会是这样，我怎么喊了个如此不中用的搭档同伴，难道他就没有考虑过让我一个人往上爬，他这个同伴失了信用了吗？难道他就没有考虑过责任什么的吗？难道他就没有考虑过半途而废是多么的丢人，多么的让人瞧不起吗？难道他就没有考虑过他应该在一个女性面前做一个男子汉？

我看着那个瘫坐在那里耷着脑袋安逸地歇着气的25岁的男孩，心里很是蔑视他。心想，这人生道路上遇着的爬坡上坎多的是，难道感到辛苦就不爬了吗？就轻易地放弃到达目的地的想法了吗？就自甘等着走下坡路了吗？你这个小伙子由着自己这样的性情，就不想自己有所作为，有所对自己能力的挑战了吗？

我见眼前这个人如此不尽人意，意志如此瘦弱，心里很是不快，不禁对自己此时处在这莽莽的山中，心里产生了一丝畏惧。这畏惧让我瞬时生出一丝想退却的念头。

"不行，不就是爬山么？不就是要爬到山顶么？不就是我一个人么？既然，我已经接触了这山，已经认识了这山，我看这山没什么大不了的，我看这山挺亲切的，我看它没什么奇怪的东西来阻碍我或伤害我。不就是要花点力气么，不就是要独自与这巍巍大山的气势 PK 么，我是不怕的，不管沿途遇着何种荆棘，我定是要往上爬的，直到山顶，否则我绝不罢休。"此时，我心里一股勇气瞬间驱散了我的消极和气馁，于是，我决定继续往上爬。

我见他仍不动，就断然扭头丢下他，大步并加快往山上爬。

此时的山上，虽然有小鸟在树林中唱鸣着穿飞，沿途虽然有点点各色野花绽放着微笑着陪伴，但这高高的山，这密密的树，这陡斜的羊肠山路，以及这寂静的四周，让我感觉自己是如此地孤独，仿佛自己此时在一个遥远而陌生的山林，与世隔绝着；让我自己在这大自然中独自体会，体会大自然的沉默和寂静；让我在这偌大的高山上独自感受，感受这大山的神奇和气息和脉跳。

"咩咩！咩咩！"我正埋头往上爬时，前面突然传来一阵羊子清脆的叫声。我不禁惊奇地停下脚步，抬头往发出叫声的地方看去。只见前面不远处有一处山洞，在山洞口处齐齐地站有 5 只大小不一的羊子。其中有 2 只黑色的

稍大一点的，另 2 只黑色稍小一点的；1 只白色也要稍小一点的。它们正静静地站在那里，并静静地看着我，那么友好，那么无畏，仿佛在专门等待我一般。

见我停下脚步看着它们，它们一前一后地就沿着山路往前走。走到约莫 3 米处，它们就都停下来，然后扭过头来又看着我。待我要赶上它们时，它们又继续往前走，然后走到 3 米处又停下来扭头看着。待我又要赶上它们时，它们又继续往前走。就这样，反反复复，仿佛这 5 只可爱的羊子是陪伴我爬这山的，引导我爬这山的。它们那走走停停，不惧怕我，我也不惧怕它们，与我不离不弃，与我如朋友一样一路亲切地相伴，让我感动不已，使我在这旷阔的大山上感到不寂寞，也给我增添了继续往山顶上爬去的无穷勇气和力量。

"谢谢你们！"当我心里像这样说时，只见 5 只可爱的羊子很快就消失在山林里了。原来，我快到山顶了。

当我几乎是小跑着到达山顶时，我选了一块平地躺了下去。

我躺着感受在这 1700 多米高的山顶上的一切奇妙的东西。风儿的气息似乎更清新了，我此时仿佛踩在云朵上在飘荡。近处远处的山峦重重叠叠，在行走，在颤动。它们又如云海在起伏翻滚着，仿佛我也在随着它们翻滚。

我站起身向远处眺望，我又看看天，又看看地。啊！天如盖，地如盆，此时，万物都如盛装在一个巨大的盆里，而盆里的景物都生机盎然，壮阔美丽。

对面就是龚滩，此时，它们显得是多么的渺小了，但它们仍是那一处不一样的风景。

"啊！山上风光真是无限好呀！眼前的河山真是壮阔如画呀！真正美的风景，只有站在这高高的山顶上才能看得到，享受得到呀！"我站起身向眼前四周望去，心里顿时豁然开阔，仿佛此时自己的心胸宽如大海，把眼前那如画的山水都容纳在心里了。

而此时，毛泽东那《沁园春·雪》的气势磅礴的诗词跃然脑海：……江水如此多娇，引无数英雄竞折腰，……数英雄人物，还看今朝。

的确，不管朝代如何变迁，气象如何莫测，这广阔的山河都是永远美如画的。

我突然想着赖还在山腰等我，于是，我满足地放松心情，快步地往山下小跑去。

待到我和小厨师到山脚，我看时间，这上山和下山，总共花了1个半小时。

当我们返回到栈房，我回头望着对面大山说道："谢谢您！谢谢您给我勇气，让我有幸爬到了山顶，让我对自己的人生又有了一次小小的体验。再次谢谢！"

2014 年 3 月 29 日

访问冉老

从牛心山返回栈房，已是下午4点余。我看离傍晚还有些时间，我就对自己说：这龚滩老街的地形地貌我大致是知道了，可它的灵魂是什么，它内在的支撑点是什么，我得寻找。

从张的栈房跨出向右边走时，要下七、八级台阶，两天来这台阶，我已是上上下下有近10次了。但每次在我下台阶当儿，总看见张栈房紧挨的第四家住户的门口处，坐着一个穿一身玄青黑、用白帕子包裹着白头发、胡须齐胸、一手掌着长烟杆在嘴里吧嗒着的老先生。他悠闲自得，他安然沉静。

曾有人告诉我，他姓冉，快80岁的年龄，凡到龚滩来的游客，都想从他嘴里打听龚滩以往有趣的事情。

现在，我正站在张的栈房门口处的台阶上。在我寻思要找龚滩老街的灵魂时，我无意扭头又看见了那位吧嗒着烟的老先生，站在他家门口处同样在看着我。

老先生不高，清瘦身材，直直的身板子走路轻易稳健，眼睛炯炯有神而又沉稳。看人时，眼睛里却盛满了他人生中所有的历程。这些历程，有的想向别人倾诉，有的他要让它深埋在自己的骨髓里，直到他在这个人世间消失。

"您好，老人家，您这房子修得极好，这大门正好与那牛心山最高山的位置对着。"我走下阶梯来到老先生门口向他打招呼。

老先生并没有与我立马答话，而是看了我一眼，然后奈下眼睛只是吧嗒他的烟，仿佛在寻思该与我这个与他主动打招呼的陌生人说什么，仿佛又是在等待我下面的话。

"我姓罗，老先生姓冉吧？"我看着他歪着脑袋笑着说。

"姓罗？在南宋建炎三年到清末民初的时候，我们龚滩老街有两户大姓把持着龚滩，一户姓罗，一户姓冉。"老先生突然抬起眼睛，惊奇地看着我说。

"哦！……"我惊奇道。

"我的确姓冉，罗妹子。"老先生接着说了一句。

"这……我的姓……您的姓……这……这么巧？"听了老先生的话，我不禁惊奇地看着他了，然后笑着说道。

见我惊奇的样子，冉老，我决定叫他冉老了，冉老看了我一会儿，然后奈下眼睛，又吧嗒吧嗒地吸他的烟了，仿佛他也在寻思有这么巧的事情。

我随他跨进他的屋里，我们都坐下并攀谈了起来。冉老继续与我谈当时在龚滩两户大姓的事情。

的确，正如我在龚滩老街的一处历史馆外墙上抄的一

则资料所说：

冉氏，自南宋建炎三年，酉阳寨主冉守忠因平定金头和尚起义有功，被朝廷授予御前兵马使起，便一直为酉阳之主。建立起土司制度，土司世袭，共传24世28人。

龚滩人口最多，势力最强的仍属冉氏，至清末民初，龚滩的团总还由冉氏担任，冉氏把持着龚滩的军政大权。

冉姓分高粱冉、疙兜冉、外来冉。高粱冉为正宗，土司一系便出自高粱冉。疙兜冉为平民冉，外来冉为他姓攀附而改姓冉的。土司时代，土司总揽了辖地的政治、军事、经济、文化等社会生活的方方面面，具有至高无上的权力，甚至对他姓享有初夜权。许多他姓人口改姓冉，很大程度上便是为了逃避土司的初夜权。所以外来人口急剧膨胀，使冉姓成了酉阳以及龚滩的第一大姓。

"这只是刚开始的事情，后来不久，政府在龚滩老街乌江沿岸建了两个码头，从此，从外地来运货物来的船，和当地装货物出去的船，每天不断地来来去去，龚滩码头有上下货物的，有跑上跑下搬运货物的，有指挥监督搬运货物的，有问工作的，有看稀奇的，码头上人来人往，熙熙攘攘，十分热闹。这时，政府安排一个分管船运事务的姓罗，罗某于是管整个龚滩的船运，后来势力越来越大，并与冉姓在龚滩老街各占半边街……后来抗战时期，冉姓一头目因欠了债，被另一股势力吊着打，罗某冒险救了他逃脱，这头目参加了共产党并立下了汗马功劳……"冉老拿着我递给他的资料，摆了这个故事。

"在当年抗战时期，蒋介石还秘密派了一股人，到龚滩驻扎每天训练，抓革命人士……这股人，直到1945年抗日战争开始才离开，留下的残余，在重庆解放后，被共产党彻底清除掉。"冉老继续说道。

"哦……"我看着冉老听着他说着，独自若有所思。

我看着冉老，静静地听他讲着。冉老在讲故事，而我仿佛看到了故事发生的时代。或争强好斗，或玩命奔波，或你追我赶，或热闹喧天，或在夜幕中享受收获的果实，或在夜幕中争夺他人的果实，或者是残害他人的性命，最终，公开为公平而战斗，从硝烟弥漫直到平息。

"龚滩扬名在外，是与这些以往发生的故事是分不开的，而这些故事在我们龚滩人的口中却是津津乐道，在我们龚滩人脑海中生根发芽，坚定固守，我们为之自豪。"冉老见我听得入神，听的惊讶，像一个老教书匠一样，咬文嚼字地说了这几句话。

的确，这些故事就是龚滩的灵魂，它支撑着这里生活的人们，并伴着他们度过日日夜夜、朝朝暮暮，以及无数春夏秋冬，直到永远。

2014 年 4 月 18 日

拜访龚滩镇镇长

3月11日上午9时半，我与冉老从老街向新街走去，今天，我要去拜访龚滩镇的一位领导。

龚滩镇政府大楼建在老街的后背山腰，在我与冉老终于从老街后背绕着爬坡到公路上时，只听冉老说："你看，罗妹子，那是镇政府大楼。"

我随着冉老指的方向，仰头往上看，果真，一排崭新的楼房仁立在公路上面的半山腰。

"这政府大楼怎么建在半山腰呀？我们不是要爬那长长的台阶才能达到么？"我仰头看那高高在上的政府大楼，再看眼前那长坡台阶，心里有种退却感。

我旁边的冉老见我站在公路边不动步，只是站着仰头往那大楼看，他也一手叉着腰，一手叼着烟仰着头往上看。

"冉老，这一长坡台阶，你上去行吗？"我扭过头看着旁边的冉老，又看看他的腿，不禁担忧着问道。

"我这个人身体好，别看我已80岁的年纪，我爬坡上坎什么的还得行。你看前面那个拄着拐杖的老太婆不是都得行么，都得往那政府大楼处爬去吗？我嘛，慢慢走，没的问题，那个地方，始终是要去找它的。"冉老挺着腰板对我坚定地说。

冉老说完就抬步踏上了台阶，仿佛他是在证明他给我说的话一般。

"共 385 级台阶。"当我与冉老歇歇走走，终于来到了政府大楼的身边时，我对冉老说道。

"我来过几次，因心里想着事，我一边走走停停，一边鼓励自己，一定要爬上去，所以，我从未数过这台阶。"冉老仿佛为自己从未数过每次让他要鼓足了勇气才爬的台阶而感到不好意思。

"冉老，这镇长我们容易见到么？"我跟随冉老往政府办公楼走时问。

冉老并没有回答我的问题，而是问迎面碰着的一位熟人："那镇长办公室的门开着没有？"当得知是开着的时，冉老说："上三楼。"

"请问您是镇长先生么？我是到龚滩来游览风光的，顺便来拜访您。"我们来到三楼一道开着的门口处，对着办公桌后面的一年轻的面容，叩了几下门，走进办公室说道。

"请坐。"年轻的镇长见了我这个陌生人，先顿了一下，又看了一眼旁边的冉老，兴许冉老是他认识的，后又面带笑容地招呼。

我与镇长的谈话，是由我到沿岩村走访谈起。同时问了几个问题。

镇长回答我的问题说，龚滩镇有农民 1 万多人，而外

出务工的有 6000 至 7000 人。镇长又说，因龚滩是个山区地势，耕地都在山上、山腰、山脚。山脚要好些，播种、施肥、灌溉和收割都较方便，而山上和山腰就要费些力气了。不仅如此，如遇天灾，山上和山腰的收成会不尽人意，以至于农民们生活辛苦。

现在国家政策下来，允许农民进城打工挣钱，农民们自然不放过这机会。当地政府也极力鼓励。所以，大多数人都放下锄头到城里打工了。家里剩下的都是些老弱病残和小孩。家里的庄稼地全凭他们的兴趣，愿做多少就做多少，因为，不管是留在家里的人，还是外出的人，总认为出去就能找到钱，所以都对庄稼地的种与不种，种多种少显得不太在乎。

几年后，到现在，大凡出去了的人，真正又回到家里耕地的极少，大多出去了就没再打算回来了。有的已在县城买了房子，有的在县城租了房子，然后举家住在县城。有的年轻夫妇在外地租了房子住，就在外地打工生活的，一年或几年回家一次，平常偶尔给家里寄钱。以至于现在有的村里没有几个人了。

难怪，到沿岩村时很清静。说来耕地的人外出打工是有原因的，假如能把这个原因破解了，兴许人口流失就少了。我说。

"现在是中午时间，我们到食堂去把午饭吃了再谈如何？"镇长看了一下手机上的时间，说。

"镇长，我知道您很忙，您看这样行不行，我不想耽误你正常工作时间，我想就用中午吃饭的时间给你谈，完了，您去吃饭，我就走了，如何？"我看着镇长用商量的口气对他说。

"这……？那行。"镇长面带笑容道。

我说，我很感谢镇长在百忙之中，愿意接待我这个陌生人，并来占用你的时间，但我不愿打扰你过多宝贵时间，我想谈谈这两天来我对龚滩的一些想法，供镇长参考。

一、沿岩村有一个水库，政府不如把水库整治出来，然后，利用水库的水来解决当地农民的生活饮用水，以及庄稼的灌溉用水。

二、在龚滩乌江沿岸，设抽水站一个或两个，目的就是解决山上农民们的生活用水和庄稼的灌溉用水。

三、在龚滩老街段的乌江沿岸，设数只娱乐囤船，请能歌善舞的男女来白天夜晚的歌舞，也可以请说相声、小品、故事的来专说重庆的故事，说龚滩的故事。这样，让歌声和欢笑声在龚滩老街回荡。

四、在龚滩老街设一正规的医疗诊所。

五、为龚滩老街设防护风火墙。

镇长，以上就是我的想法，并请您对我的以上想法列个字条，签上您的大名或盖上公章就最好不过了。

镇长接受了我的建议，于是，他找出了一张 5 厘米见方的白纸来，写上了他的话，然后，递给了我。

我知道，我的行为兴许是独一无二的，但，却是真诚并友好的。我不敢说我的一些想法和行为有多么的伟大，就我认为，我所提出的能够摆在桌面上的，的确是目前龚

滩镇不管是农村民生这一块，还是旅游的经济效益这一块，都是值得思考的。然而，当我看见镇长递给我一张5厘米见方的纸张时，我心里颤抖了一下。

但很快，我"哈哈"地大笑着说："难道堂堂镇长处事就这么秀气，连用于记事纸的张都这么小巧玲珑，莫非因为我是个女性么？"

我一面说一面把这小巧纸张还给了镇长。

见了我这个举动，原本是脱了鞋坐着的镇长，立马把脚放下并伸进鞋子里正规穿上，然后坐正了身子，重新取了一张A4白纸，然后一条一条地距离相隔规范地写好，并签上龚滩镇镇长某某大名后递与我。

其实，镇长在重新写字条时，看得出，心里是有些犹豫。我不知道他是不是在担心什么，或者是不是把这简单的事情考虑得很复杂。毕竟，他并不了解我。兴许他在担心我是不是上面派来调查什么的，写上这字条就是证据，这证据说明他在这一方的领导不得力。但又见我很真诚、很随和地与他很自然随意地聊天的样子，才最终打消了我是个危险人物的想法，才打消了写这字条可能会有麻烦的想法。

在我站起身准备离开镇长办公室当儿，几个等在门口找镇长办事的争着走进来又围在了镇长面前。我和冉老与镇长握别后，就大步地离开了办公室，而镇长却仍埋头忙乎于他的事务了。

2014年4月21日

镇长修改字条

从镇长办公室出来返回到张的栈房，已是下午近4点了。

我与冉老都还没吃中午饭。在路上时，我有些内疚地对我旁边的冉老说："对不起，害得您老这么迟了也没吃上午饭，等会儿到张的栈房，我请您。"

我话刚说完，冉老乐观地说："吃饭是小事，这个年代，不感觉饿肚子，何况陪你去找镇长，谈我们龚滩的事，我早忘了要吃中午饭了。"

冉老说的话，让我感觉他很可爱，看得出，他与我有共同的想法。

张是个讲朋友义气的人，他见我与冉老走进他的栈房，就准备了一桌饭菜，并斟上了他自做的美酒，另叫上他右边紧挨的邻居来一道又围上了一桌人。

饭桌上，我告诉了张那镇长写字条的事情。

人有的时候很复杂，总要把一样极简单的事情弄出个花样来，来显示他的不一般的想法。当我把镇长写字条的

事情告诉张，张就起身到另一处打电话了，这不奇怪。

然而，当我们刚散席，镇长就给我打来电话，说让我再到他的办公室去一趟，说他要把那写的字条修改一下时，我就觉得奇怪了。

难道张给他说了什么？我说："镇长，可那字条里没写什么值得您顾虑的东西呀？您是不是想多了？我看没必要吧。"

可镇长回答我的是，修改那字条完全有必要，并希望我尽快去，他在办公室等我，他说他已和张说了，让张陪我去。

我说，那既然如此，您对这字条有什么担忧您就拿去修改吧。

我知道，我这个人为人处事都讲究个简单，凡事都是按自己的喜好来做，没有什么可贵的心机，然后，由着自己的思想来做就是。也怕制造麻烦，只注重个"顺"字、"和"字了得。

于是，我就答应去了。

3月初，龚滩的夜里有些寒意，老街和新街的夜灯星星点点，如初夏的萤火虫闪闪烁烁，使得这漆黑的夜里，显得尤为寂静，也显得尤为神秘。

这漆黑的夜包裹着我和张的身影，我想，此时，除了大地，是没有任何人知道在这漆黑的夜里，有两个人影在龚滩的一条路上移动，向政府大楼移动，更不知道到政府大楼去做什么。

当我和张走进办公室大楼，已是9点半了。

镇长的办公室门开着，里面的灯明晃晃的。在明晃晃的灯光下，年轻的镇长正在伏案忙他的事情。

他今天是为了等我们，才这么晚仍在办公室里呢？还是他平常在这个时间也是仍在明晃晃的灯光下伏案？如真是这样，那当一个领导也真够辛苦。当走进镇长的办公室，见镇长独自一人时，我心里有种说不出的滋味。

心想，当领导的总要为这样那样的烦心事日夜操心着。

"坐。"镇长抬头看着我与张招呼。

"您对今天写的字条有什么顾虑么？"我一面把字条递给镇长，一面顺便问道。

"我担心你把字条递上去。"镇长很坦率地说。

"哦，您是这样想的呀？我还没有想到这一点呢，不过，不就是几条我对龚滩的一些想法和建议么？我不认为是些什么对镇长不利的话语。"我笑着对镇长说道。

"镇长有镇长的考虑，你就不要坚持了。"旁边的张做着像一个很在行的政客一样对我说了一句。

张朋友说了这句话，让我内心感到更搞笑了，他是理解镇长的，他完全把镇长心里的想法说了出来，把镇长的行为挑明了。我知道张把我当做朋友，才给我说出这样话的。

当然，他更是把我当作一个外人，现在，这是在龚滩这个地盘上，他作为龚滩的人，他得维护着这里的上下

关系。

看来，现在，我们3个人怀着不同的心思在做同一件事情。

我很感谢，我仅仅是一个热爱文学的一个爱好者，平常总想找点题材来丰富我的创作。至于政治，大多时候，我的理解是，文学是为政治服务的，是推进人类和社会往前发展的，而绝不是要拉政治的后腿，做政治的傀儡。这点，我想他们是明白的，兴许，他们根本就不明白。

实际上，这字条，仅仅是我创作的题材的内容而已，我只在心里对张和镇长说道，我并没有把我的意图说出来，而是保持沉默，任这里的主人来主张。

兴许沉默就是表达默认了吧，于是，镇长开始伏案修改那字条。

"你看这样修改一下如何？"镇长把修改好的字条递给我。

"咦，怎么改成我来'调研'了？修抽水站这条也删除了？镇长，我并无一官半职，这……我不是明明告诉您，我是到龚滩来观光的么，然后把我观光后的一些想法跟您镇长说说，仅此而已。"我拿着修改后的字条，很委屈地对镇长说。

"无论如何请镇长把'调研'两字删掉，改写作'观光'两字，不然，您是在'抹黑'我，是在'羊子身上披狼皮'，您这是在侮辱我。"我重新把字条递给镇长，马着脸对他说。

最终，镇长按我的要求修改了，但建抽水站这条他说怎么也要删掉。原因是，在乌江沿岸建抽水站耗资大，工程量大，向上面申请资金也不容易，这一点做起来很难，所以要删掉。

当镇长这样解释时，我笑了，我觉得他有些可爱了。不过，我说："这世上的事都是人做的，只要你想做，都会想办法能办得到的。"

没等镇长开口说话，我笑着接着说："那其它四条，莫不是镇长都感兴趣了。"

"对重要的想法我们会考虑的。"镇长也笑着说道。

说实在的，我对年轻镇长目前脸上的表情是满意的，我同时也相信人对某事说了话就会付诸行动的说法。于是，我轻松地站起身，我得告辞了。

"再见，镇长大人，谢谢你今天对我这个陌生人的接见。"我看着镇长十分高兴地说道。

张见我站起身，也跟着站起身来与镇长握手告别。

2014 年 4 月 22 日

老街人

　　龚滩在重庆是出名的，龚滩的出名主要是因老街出名。老街的出名是因它在历史上，在清初明末到中国解放这段时间，给人们所留下的点点滴滴记忆难抹的事情，乃至为重庆的发展抒写出了光辉的篇章。

　　龚滩的出名还因乌江沿岸的自然风光美景如画。

　　所以，外地人到龚滩旅游，大多都要到龚滩老街走走看看，从中寻找历史记忆和历史痕迹。然后到乌江沿岸欣赏自然风光，享受大自然的美妙景色。

　　老街人是热情的，他们为光临的游客修造了古色古香的楼阁，为游客布置了温暖舒适的睡房，以及为游客提供了应有的美食。

　　老街人是好客的，每当有游客光临，他们都会满怀激情地接待，像接待久别的远方的朋友一般。

　　他们每天天亮起床，然后把屋内上下楼层打扫干净，把门前打扫干净。做餐饮的把饭厅的桌椅摆放整齐。做小百货买卖的，把小百货分类摆放整齐。做家传手工艺的，把已做好的各种手工艺在门口外摆放整齐。当这些都做好了，他们便穿戴齐整，或守在屋里，或守在门口等待客人的到来。

如有客人，他们便开始忙碌起来，他们一边忙碌，一边要回答客人提出的各种问题，直到客人离开。如一天都没有客人，他们会在屋内或门口默默地坚守一天。

当游客在老街沿途欣赏他们好奇的一切时，他们也会欣赏着每个游客，欣赏游客的一举一动，欣赏游客的穿着打扮，欣赏游客的各种形象，欣赏游客的喜怒哀乐，欣赏游客的走路姿势。仿佛他们以及老街是游客的风景，而游客却是他们的风景一样。

如看见是一般普通的游客，他们面部表情是平和的；如看见不一般的游客，他们就会表现出人的本能来，面部表情就会紧张起来，仿佛这样的游客会找他的麻烦一般。

如有游客上前问路时，他们会热情地给游客指明方向。如有游客上前与他们摆谈，他们会很耐心地把他们所知道所了解的，毫不保留地讲给游客听。

他们脸上一会儿面带笑容，一会儿面带沉重，仿佛随故事的起伏，表情也跟着变化着。

但看他们那高扬着手时，他们却都表现出自豪感，仿佛为故事中的主人翁的壮举而深感敬佩和自豪一般。

如他们当中是土家族少数民族的，在摆谈当中，他们或许会兴趣盎然地唱两句山歌，山歌大多都是年轻人追求爱情时唱的情歌。如有游客跟着唱，他们的兴致会倍增，他们会放开手脚站起身大声唱着。游客听多久，他们就会

唱多久，直到游客满心欢喜地笑着离去。

他们乐意为游客做每一件事情，仿佛能为游客做事是他们的荣幸一般，仿佛为游客做事说明了他们为人处事是高尚的，是被人认可的，是一个有名望的人。所以他们做起事来是那么的认真，又是那么的用心和用情。

他们也有抱怨的时候。他们抱怨游客要在 3 到 10 月份才来，他们这时才有收入，这时他们才开始忙碌，这时老街才开始热闹起来。

他们是喜欢老街能热闹的，老街越热闹，他们就越是开心。他们愿意自己每天都忙碌着，他们不怕辛劳，不怕起早睡晚。他们甚至认为自己越忙碌，自己就会生活得越有劲。

他们甚至希望这老街，像大城市一样有不夜城，能白天夜晚的歌声嘹亮，人流颤动着。他们认为这多好，认为这就是人的活法，这就是新时代的生活和追求。

他们不愿意老街太沉静，不愿意老街被打造得太偏远，他们愿意老街就是一座小城市，这座小城市五彩缤纷，这座小城市活跃欢快着。这样，他们才不会显得老沉，才不会显得有些寂寞和清静。

他们愿意跟新时代比翼同飞，享受新时代一切往前迈进的具有节奏的咚咚速度声。这样，他们才真正感到自己是生活在现实中，而不是生活在电视电影的幻想中。这就是龚滩老街的人们。

2014 年 3 月 31 日

二、万盛行纪实

三台村的一个小院

2014 年 3 月 25 日，这天，春光明媚。

9 点半，当我乘公车刚到达万盛长途汽车站，万盛农业局张主任乘着小车就到车站来了。他是来接我的，随他一道来的还有位女同志。

张主任是个做事极认真、对朋友的友谊是极真挚的人。我原本是一个普通得不能再普通的，然而，他却把我当着他应尊重的人一般对待。对此，我心里十分内疚，总觉自己不配朋友这样相待，认为他只要对我敷衍一下，与我见见面打个招呼就行了，我也就知足了的。可这个朋友偏偏对人对事又极认真，无奈，我也就只好"假人冒真"地接受他的礼待了。

但同时，我心里又是十分的感激，感激他把我当作了朋友。

"桧子，这次来，你不是说要到乡村去闲逛么？"张

主任在车上问我。

"是啊。"我回答。

"因你不熟悉，那我叫单位的一个女同志陪你先到一个地方走走，给你当向导，然后再到另一个地方走走，如何？"张主任道。

"嗯，我听你的。"我说。

等我答应完，张主任就把挨着我坐的女同志介绍与我，然后，他就离开去忙碌他的事情了。

张主任说的先到一个地方，是指万盛金桥镇的三台村。

张主任介绍给我的女同志姓文，是他本单位的。我与文相互刚认识我就与她谈得很热络了。我称她为文。文与我的年龄一般大，我俩说话很相投，对此我心里一阵高兴，也感激张主任的细心。

到乡村还要坐一截车。于是，汽车载着我们奔出城市一路行驶，直上弯弯曲曲的山路。这时，城市的喧哗声从我们耳边渐去渐远，尔后消失。我知道，我们已来到了乡村。

汽车在弯弯曲曲的山路上慢慢前行，仿佛它此时被乡村的景色迷住了，放慢了脚步沿途在尽情地欣赏着两边的风景。

的确，就近处来说，或凹或凸的地形，或平或坡的地面上，尽是一片绿，绿的蔬菜，绿的芳草，绿的丛林。还有层层梯田。远处，则是起伏不定的凹凹凸凸的毛茸茸而又刚毅的各色山形，这些物种和景色和山形，把空阔的大自然打扮得如一张巨大的图画。这张图画任你欣赏，这张图画任你指点和遐想。兴许还任你改变呢！

我们，也是画中的另一组成部分了。

当汽车来到一山的大弯处停下，我与文都迫不及待地下得车，然后，向坡下一小院走去。

小院很清静，没有狗叫声，没有鸡鸣声，也没有人敞开胸怀大声说话的声音。

现在进入了文明社会，连乡村里的狗与鸡都文明了，这村院都没有喧哗声了。我一面探看着，一面心里这样想道。

我小心翼翼地，生怕待在某个角落的狗，见了生人突然跳出来咬人。实际上，我这担心是多余的，于是，我放开了脚步走到一户人家门前，却见门是关着的。

"这户没人，房子是空着的，他们到外地打工挣钱去了，已有两年没回来了。"我正想看个究竟，一个老农扛着锄头正好从此处路过时犹犹豫豫地告诉我。

哦，难怪门前有些凌乱，难怪门前的一株菊花盆里长满了野草，这野草并遮盖了残枝的菊干，瓷盆四周也已是锈迹斑斑。这野草的生命力真是强呀！无人搭理它，它也能长得茂盛。我一面看一面心里思量道。

"这房子修造得不错，平平整整的砖混单层房，假如有人住，假如把门前打扫干净整洁，假如那菊花长得茂盛，并开着黄灿灿的菊花；还有那门前不是有两块稻田么，稻田旁不是还有一排长得茂盛的水竹么，水竹旁边不是还有

一条潺潺流着小股溪水的溪沟么；假如稻田里栽上绿茵茵
的秧苗，那么，生活在这里的人一定很惬意。假如再养上
一条或两条狗，再养上鸡、鸭、鹅，那么，这里定是有些
热闹气氛的，这里定是生活丰富有趣的情景。然而，是什
么让这家的人放弃了这绝美的景致和别样的生活而迁居他
处？是太静了么？是这个地方的声音太单调了么？是这个
地方的颜色太单调了，单调得要忘记还有其它颜色的存在
么？而无法满足人物质和精神上的缤纷的需求才抛下此处
而去了么？"我看着这萧萧的门庭，心里有丝幽幽地心绪
在波动着。

　　我与文走过开始长青苔的小院，看得出，这小院的房
子都修造得很齐整，在这些齐整的房子的小院里，应该能
住下不少于 10 户人家吧。不难想象，这样的小院，曾干
净整洁，曾有鸡鸭狗的喧哗和小孩子们的嬉闹声。也曾人
丁兴旺。院坝里，曾常常晒着各种柴草或粮食，和人们忙
碌着的进出的身影。兴许，小院里并曾每天都发生着有趣
的事情呢。

　　此刻，随时代的不断往前推进，这山里这乡村的这小
院的景象，却已成为过去，已成为一代一代走过的历史。
使一个小院成为了无数个小院，使住一处的人变作了住在
无数个城镇的人，使生活、收获境况几乎一样的人们，变
作了生活、收获层次不一样的人们。

　　兴许这出去了的人，不管现在生活层次如何，不管现
在生活境况如何，他们定会时常怀想这个小院吧，怀想它

的淳朴，怀想它的亲密无间，怀想它的点点滴滴深刻难忘的记忆吧。"那是我的老家！"这是他们一致的心声吧。我心里思道。

唉！谁说这不是：人的迁徙，心的根基………！

在小院的旁边，是福建一个商家生产蘑菇的基地。只见基地搭着无数个薄膜棚屋，薄膜棚都搭在耕地里。

这基地不光是生产蘑菇，也生产平菇、金针菇等6种菌类。在基地一个大的棚屋里，6、7个男女正在各自忙碌着。有两三个围在一堆小山一样的木屑旁翻着，有一个妇女正坐在一个大灶旁烧火，此时，蒸汽正不停地从大灶上冒出，据说是正在为蘑菇的种子加温。另两个站在灶前一旁观看着。

基地里，除老板和老板娘是福建人外，其余的就是小院里未外出的和附近未外出上了年纪的村民。这些村民是因为把自己就近的耕地承包给了福建人，他们则被福建人聘用为福建人打工挣钱。

"这个小院幸好有这个福建人来这里生产菌，才使这个小院还有些活跃的气氛，才使这个山凹处仍有些人的活跃的情景和人生命的气息，不然，这个山凹处这个小院真的是了无人烟寂静得很。"我对文说。

"你说的是。"文道。

"福建人。"我心里佩服地叫了一句。我看着眼前有些朝气的基地，心里自然生出敬意。这福建人真是与众不同，在他们的心目中，仿佛在中国大地的每一块地方，每

一片土地上，每一个角落，都能生财生宝一样，都能给他们带来财富，都能改变他们的生活，都能给他们的生活带来乐趣一样。就他们所为，仿佛就是一块荒地、一块顽石，他们也能使它生辉，也能使它生宝，并使它辉煌起来一般。

有人说，福建人是地球真正的主人之一，是社会的真正改变者之一。我觉得这句话说得很有道理。不然，这么偏远的地方他们都找来了，在这里如痴地发展他们的事业，他们的追求是如此的用心和真挚呀！他们难道真的领悟了人的真正的伟大之处，领悟了每块土地都是一块宝的道理么？

那么，人的伟大之处到底是什么呢？就我个人的理解，应该是：凡事所成，大多不重在于外在条件，而是重在于我们人，人的思想，人的行为，并使之改变。

的确，一个地方的发展和获益，一个人事业的成功，一个人生活的富有与幸福和乐趣，不在于非要在某个地方，不在于要花多少钱来投资，要有多么好的里外条件，而是看人的思想和能力。

如果一个人的思想和能力达到了一定的水准，要想改变所在的环境和现状是可以做到的。这就是人的伟大之处么？这就是福建人的伟大之处么？

"但不知这点气氛能维持多久？"我对旁边的文幽幽地说道。

"不知道，这个地方这个小院，也许 10 年 8 年后更热闹，也许 10 年 8 年后人烟荒芜。"文回答。

　　站在小院抬眼望向对面山坡上，山坡的土地里，虽种有蔬菜或其它农作物一片片，但却都是老农的身影。是因为老农做庄稼认真？是因为老农才是土地的真正主人？是因老农真正热爱土地痴迷土地？是因为老农真正领悟了土地的珍贵之处？是因为老农与土地早已建立了亲密的伙伴关系？是因为老农深知粮食的珍贵？于是乡村的土地才只属于老农？这个具有历史性的小院才属于老农？这偏远的乡村才属于老农？

　　当然，在山腰在远处是有荒着的土地，那是因老农的力气不能超越的极限地么？此时，一个老农扛着锄头，正翘首望向山腰和远处的土地。仿佛那山腰处和远处的土地，他是如此地渴望去耕种呀，然而，他却已是力不从心。他的心一定在感到内疚吧或遗憾吧。不过他脚边的土地里的庄稼却是茂盛的。

　　原来这小院，这偏远的乡村成了老农和外地商人共同的蜗居和共同的生存之地，也是他们共同发展和相依之地。但若干年后，兴许也是他们共同消失之地！！

　　"不知道，这个地方这个小院，也许 10 年 8 年后更热闹，也许 10 年 8 年后人烟荒芜。"见此情景，我细细咀嚼着文的话。

25 亩承包户

中午了，我和文仍在乡村的小路上走着，我们正向附近另一个小院走去。

当我们来到小院旁边，在经过一偏房两层旧楼人家时，门口处一个一只脚瘫了的老妇正坐在圈形椅子里，而眼睛在向四处张望，仿佛在寻找什么，又仿佛在等待什么。

在她所坐位置的两边，却堆放着高高的陈旧的烧火柴，它们如两座小山。这两座小山一样高高的陈旧的烧火柴把老妇夹在中间，使她显得是那么的渺小，又是那么的孤独无助。

老妇见了我，立马做着激动而又热情的样子问："你从哪里来嘛？你是不是来这里耍嘛？你来这里要耍多久嘛？"那急切要与人交谈的样子，仿佛她已很久没有见着生人了，仿佛她渴望见着有人到她那里去的，也仿佛她一直在渴望有人能与她坐在一起摆谈一阵一般，现在终于等到有人来了。

我见这个老妇如此热情且又十分寂寞的样子，便在她面前停顿了一下，就和文走进旁边的小院里。

只见小院里有三个老农站在院落的坝子里正在亲密交谈，看得出，他们一定是在谈庄稼的事情。

"这也是三台村，桧子。"旁边的文说。

"文，我们也到院坝去站一会儿好吗？"我对文说。

说实在的，我和文穿的衣服本很普通，本不显眼，只是干净而已。然而，当我们走进乡村，走进乡村的院落，与老农站在一处时，却显得是如此的格格不入，显得我们就是从城里来的区分了。使得村里的人和院坝的人看见我们，兴许心里就猜着，来人要么是观光的，要么是下来检查的。于是，在他们的眼神里就会出现复杂的眼色来。

他们如此的眼神让我心里十分内疚，让我感觉十分的不自在。我甚至责备自己，我该穿和他们一样形象的衣服，或把裤脚挽起来，或把衣袖挽起来，衣服上甚至还涂着泥土才是。这样，和他们真真就是一类人了，和他们就能随便说笑了。

现在，我到这些地方来闲逛，我到这些人面前来晃动，我算什么呢？我只不过是住在城里，只不过穿得干净点而已，其它的，实际上，我什么也不是。

就我而言，虽然是从城里来到乡村，我其实是与他们一样的，也是人啊，只是他们在耕种伟大的庄稼地，而我在做其它，就是这样。

当我和他们交往或交谈，说清楚一点，本就是人与人之间的交往与交谈罢了。

　　我和他们的语气语调甚至是一样的，没有多大不同之处。在他们当中，是长辈的我同样得尊重，我不懂的我同样得问他们并跟他们学并得向他们请教。

　　当我在心里给自己这样说时，于是，我显得很随意地走着，仿佛这是我的家，我是回到了亲切的家乡一样。

　　我和文走进院坝，文就和另外两个老农开始很随意地攀谈。我就和另外一个老农在一处说着。

　　老农姓熊，60余岁，是这个村的人。熊大爷说他原本在某个城里的一家高级宾馆做高管，后来年纪大了就回家来仍种庄稼。

　　熊大爷一手叉着腰，一手指着他眼前的土地，他说："你看前面那一弯农田和那一片干土地，还有旁边山坡上那一坡的庄稼地，都是我承包了的，总共25亩。"

　　"你怎么要承包这么多土地呀？"

　　"我是地道农村人，未出去打工时，就在家里种庄稼，我习惯了种庄稼，我也喜欢种庄稼。现在我从外地打工回来了，见村里好多年轻人都到外面去打工挣钱了，有些土地就丢下荒着。我们是喜欢多种庄稼的，所以趁机把这些外出打工丢下的土地承包来做。老实说，看着这几十亩土地可以归我来耕，我感觉我很富有，因为我可以在上面随意耕种，我想种什么就种什么。"

　　"这么多土地，家里人忙得过来呀？"

　　"我家三个人，我们是有分工的，我在家管理庄稼的耕种，我老伴在市场上卖，我儿子就专管运输和联系销售。

耕种的时候，我请村上留在家里的妇女和有劳力的老人来帮着耕种，我每天给他们工资80元。收割的时候也请他们来。"

"你什么时候承包来的哟？"

"去年10月"

"我看这25亩土地你利用了一部分，其它的我看还没有着手耕种。"

"人手不够，主要是村里人少了，另外我资金上也有问题，只要着手耕种，就涉及到请人拿工资问题和买庄稼苗的费用问题。"

"那还是有些困难的。"

"那些种上庄稼的都是我个人拿的钱，我有多少钱，我就种多少地，等找了钱，我又投资再把荒着的开垦出来种上。"

"这也是个办法。"

"我慢慢地来，等有了钱，这块田我想整理出来养鱼，那山坡上的土地我想用来种朝天椒……"

"这块田养鱼的话，那田四周土壁上的杂草要铲除，然后涂抹上水泥什么的，看着规范些。"

"是呀，我也是这样打算的，我把杂草铲了，把土壁挖直，然后，再在田的四周种上玉米或者黄豆什么的。"

"水稻你今年不准备种了？"

"要哟，你看我那块田里盖的薄膜里面就是撒的秧苗，4月底就要栽秧子了。这两块水田我就拿来栽秧子，不过，

这都是种来个人吃。我吃的粮食都是个人种的，不想拿钱到市场去买，现在粮食种的人少了，市场价格贵。"

"你承包地，你可以给政府说一下，请他们帮着想个办法行不行呢？"

"政府倒是有扶持资金，但必须要承包50亩以上。看来政府帮助也是有要求的，那你不如就多承包一点。"

"刚才我说了人手不够，我个人资金又短缺，这25亩你看我都要慢慢想办法，这个村又是山沟沟地势，外出打工的人更多，你看有的房子完全空着没有人了。"

"哦，看来多承包地，也要看自己的实力的。这些房子修造得不错，都是楼房，还装修得好好的，空着有些可惜，这么好的房子，那主人就不要它就不管它了呀。"

"如果政府要到这里搞开发占用，就有可能补助几万元或上十万元；如果不占用，恐怕就只有让他空着无用了。这种房子在你们城市要值上百万，在这个山沟沟就不值钱了。"

"哦……看来你对这个地方确实有感情，我真是佩服你的执着。"

"我这个人脸皮薄，城里有些东西我看不惯，我自己的家多好，这个地方这农村多好，山山水水的，空气又好，我在农村只要勤快点，生活上根本就不成问题。鸡呀，鹅呀，鸭呀，蛋呀，鱼呀，我们都有，这些东西不用到市场上去买。只不过有一点，那就是进出、东西的买进卖出不太方便。"

"那对面不是还修了一条公路么？"

"路是修了，坐车到镇上要花半个小时，走路的话就要花一个两个小时了。"

"你不会做一段时间就放弃吧？"

"不会，最起码在我这一辈人不会，除非等我死了，不过下一辈人就说不清楚了。"

"你有 60 岁没有？"

"我 62 岁了"

"哦，至少还有 18 年。"

"这塑料水管是你从田里接到家里做饮用水的么？"

"是我和那福建人在那后山腰修造的一个蓄水池，这水管是从蓄水池里接来的，主要是用来家里用和灌溉地里的庄稼。"

"是山上浸下来的水吧，不过水有了，这种庄稼就不怕了。"

"种庄稼最怕缺水，不管种什么，你缺水，那庄稼收成就不好。"

"喔！"

我与熊大爷走在田坎上一边看他承包来的田地，一边与他摆谈。

一个人的确是有他独自的爱好的，当他爱好什么了，他一定会用心地去做的。熊大爷爱好种庄稼，他把庄稼已当作了他生存的依托和生活中的情趣。我想他这种爱好，绝不会因一件简单的事情就会改变他的想法，或使他放弃。

我认为，这种爱好就是我们人的可贵之处，这可贵之处才得以使人类社会不断往前发展，人的生活水平才得以不断提高。也正为这样这三台村土地的荒地才得以减少，这蔬菜与粮食才得以充足么？

2014 年 4 月 5 日

50 亩承包户

12 点半，文和我沿着一条长长的斜坡走进周围栽着花草、种着蔬菜的小院。

小院其实只有一户人家，这户人家的房子是两楼一底的楼房。房屋前面是一块平实的水泥坝子，坝子周围都修了大概有 1 米高的围墙围着。

主人在院坝把我们迎进屋里，因已是中午吃饭时间，只见在堂屋中央的饭桌上摆满了一桌饭菜。主人家姓娄，三台村人，有 50 余岁年龄，瘦高个子，形象精干，面善温和，沉静，有些腼腆，但看着又是好强的性情。娄身边有年龄与他相仿的能干娴熟的妻子和 70 余岁慈爱的丈母娘。

"桧子，你不要看他那形象，他承包了 50 亩的土地。"文扒完碗中最后一口饭看着我说。

"可惜，田只承包了一块。"娄搁下手中的饭碗不好意思地说道。

"你那田好像是拿来种的水仙花？"文也搁下饭碗看着娄随便问了一句。

"是水仙花，现在已是长得很漂亮，很茂盛，等会儿你们去看嘛。"娄的妻子一面从厨房出来，一面满脸灿烂地说道，那样子，仿佛她就像那种的水仙花一般。

我是爱花的人，听说种了一块田的花，我就有些迫不及待了，于是我就催促要去看花。

原来文说种了一块田的花，并非如此，娄在田的中央均匀地分了两大块长方形的田出来，然后把水放干做成旱地。3 月的天气还有些寒，为了保持水仙花成长时需要的温度，娄在两块长方形旱地上，分别搭了两个高大的长方形薄膜棚屋遮着，然后，再在这薄膜棚屋中的旱地里种上了密密的水仙花。

从娄揭开薄膜棚的一角看进去，只见一片白色的水仙花已开得繁茂。有开繁了的，有正在绽放的。开繁了的水仙花有女人手掌般大，它们张扬着，并昂首挺胸地仿佛在向四周观望，观望这个周围是青山和绿地和田土的地方，观望四周人烟稀少显得十分寂静的地方。

它们似乎又在观望主人什么时候来，来把它们采摘，然后把它们运到人流多的地方，去体现它们真正的价值，去展示她们浑身的美丽，并把这美丽奉献给千万家。

我们刚到，娄的妻子随后就到了，只见她穿着长筒靴，三两步地就跨到花地里，然后在花丛中采摘正在绽放的水仙花，并 10 支为一把地绑着。

娄说："这花拿到市场上至少要卖 1 块钱一支，大多都是卖的 1 块 5 一支，每次我们采摘 300 到 500 支不等。"

"假如卖完的话，那就是至少有 300 到 500 块钱的收入了，对吧？"我看了一眼娄说。

自从娄来到种花的田边，他的眼睛就没有离开过那一片雪白的水仙花。娄在看那花时，眼睛是多情的，仿佛那一片花是无数美丽的少女，而他对这些无数的少女是痴情的，并充满了无限的爱恋。

"种这花是不是比种粮食划算？"我问旁边仍看着花的娄问。

"从经济收入来说是要划算些。"娄扭过头来看了我一眼回答。

"你怎么要种花呢？"我看着旁边高高的娄好奇地问。

娄没有回答这个问题，而是面带微笑地仍看着那白色的一片水仙花和花丛中的妻子。

"如果农村都像你一样，只选择种值钱的，粮食不种，会不会出现以后拿钱都买不到粮食呀？"我开玩笑道。

"这个……，很多年后说不准。"娄笑着回答。

"在我的屋后面我还种了 10 多株山茶花，等会儿我带你们去看。"过了一会儿，娄又腼腆地说。

"你采摘完等我，我带她们到那边去看看。"娄把花丛中的妻子看了一眼，就抬步往前走去。

我们跟着娄后面往他屋后面走去。果真，当来到他屋后面，只见在丛林里有 10 多株已长得十分茂盛的山茶花树，只见茶花树上都开着大簇大簇红色、白色的茶花。它们藏于丛林中，显得羞羞答答，又显得萎靡不振，仿佛在埋怨

没有人来欣赏它们那高贵的那美丽的形象，而让它们的美丽流逝在这山野丛中，埋没在这杂草丛中。

我看着那朵朵大簇大簇美丽的茶花，心里深处的一丝情思顿即打开，顿即欢跳了起来。说实在的，在这样一个地方能够欣赏到这样美的茶花，是让人感到惊奇的，也让人感到欣慰。总认为，这庄稼人，只是埋头挖土耕地，然后等着收成。什么美呀，什么人的情呀趣呀，定是不太理会的，更不要说种花和赏花了。

然而，这里却不同，仿佛这个地方有个无形的圣人，这个圣人是高贵的，是品质不一般的。他有着花儿般的温情和一颗花儿美丽般的心，以至于在杂树草丛林里有了如此美丽的花—灿于其中。

看着这些生长在树林里和杂草丛里的山茶花，心想，假如主人给它一片美好的天地，给它一片属于它绽放并完全展示出它美的天地，我想，这个天地是神圣的，是灿烂的，是吸引人的。我心里凄凄地思道。

"我想在旁边那两小块旱地里也栽上山茶花。"娄一边带着我们欣赏他的山茶花，一边指了指旁边他另外承包来的土地。

"你喜欢花？假如就花来说，拿来欣赏和拿来变成钱，你选择哪一种？"在我痴迷地欣赏着这偌大的山茶花时，不禁天真地问旁边的娄。

"两者都要。"娄浅浅地笑着回答。

"既然如此，你不是说那挨着的另外四块旱地都是你承包来的么，不如一并拿来栽山茶花？"我抬头看着娄带着戏谑的口气对他说。

我虽然是带着戏谑的口气对娄说，但我心里的确是这样想的，假如是我，那么不如就栽它一大片，何必就那么两小块呢？多，既有气势，又更好看，又能变卖更多的钱。

兴许娄看出我的心思，他说："我的想法是，种一样东西，量不能多，而是品种要多，为什么呢？假如量多了，万一市场上价格疲软，我不是亏大了。"

我思量了娄的说法，觉得有些道理，就没有把我心里的其它要说的话说出来。

"这七八块大小土地也是我承包的，我准备拿一部分来栽朝天椒，拿一部分来栽茄子，拿一部分来栽梨树，拿一部分来栽花。"当我们来到离茶花树不远处的山坡上，娄指着一块一块荒着的土地说道。

"你种的品种是不是杂了一点，这样种法你不觉得辛苦呀？"我心里有些不好受地问旁边的娄。

"不觉得辛苦，农民嘛，反正就是一个'种'字，什么都得种点，这样感觉才好，因为，这样，什么都有了。"娄轻松地回答。

"这个山坡的那边他还承包了一大片土地。"文看着我说。

文这样说时，娄就走在前面要带我们去看他另一大片他承包的土地。我和文跟着他后面，一面听他不厌其烦地讲他如何利用耕地，如何在他承包的土地上来耕种庄稼，

然后，让他这些庄稼如何来变成一捆一捆的钱。

从娄与我们谈话中听得出来，他对他承包来的土地耕种的庄稼是充满了自信，也充满了希望。哦，难怪我觉得辛苦的事情，他不觉得辛苦，想来是因为他的自信和希望给了他无穷的动力的缘故。

"到了。"正当我与文跟在后面听娄说他如何耕种庄稼时，只见娄停下脚步，并往前指了指说。

"就是这坡上一大片。"文看着坡上一大片一块一块的土地说道。

"这一大片就有 30 余亩土地。"娄说。

我们三人从这大片土地的中央沿着 60 厘米见宽的水泥路，一个台阶一个台阶地往坡上走去。

看来娄种庄稼的确有些经验了，在这一大斜坡的庄稼地的中央，修这样的水泥路，的确是个种庄稼的有心人。我们沿着水泥路上到 20 个台阶就看见有一个平台，这个平台并向两边伸展，实际上就又是一条向两边伸展的平的水泥路。

"你这一坡土地修的网络式的水泥路，看着很规范，想必耕种庄稼时施肥、收割什么的也很方便吧。"我看着网络式的水泥路，不禁对娄有些敬佩地说道。

"这是政府出资喊人修建的。"娄真诚地说。

"是不是你承包了 50 亩土地，政府才对你帮助？"我问。

"政府就是有这方面的要求，我们承包土地的，必须是达到 50 亩以上，当然，也要看我们承包土地的人是否真的用心耕耘，是否有发展前途，这样，他们才给予扶持。"娄无怨无悔地说。

"是不是你自己有了能力和政府的支持，你就可以放开手脚大胆地在这承包来的土地上随意耕种了？"我笑着问娄。

"嗯。"娄笑了一下。

我们沿着中央水泥路往上走着，每到平坦水泥路时，只见中央路的两侧，都修造有要么是蓄水池，要么是蓄粪池的。

看见这一个一个的蓄水池和蓄粪池，我更加佩服娄了，总觉他如一个优秀的作战指挥官，在作战前，都做好了打仗时的一切准备。自此，我相信娄会在这一大斜坡土地上，种出茂盛的庄稼，并会获得丰硕成果的。

沿着中央水泥路往上走，只见左边一块一块的土地里，有的已种上了草莓，有的用长长的薄膜遮盖着，娄说里面培育的是茄子秧苗。而有的已种上了西瓜。当然也有荒着正待要耕种的。右边一块一块的土地里，最上面的一大块土里，栽的是冬汉菜。冬汉菜长得的很茂盛，青绿一片。

当说到冬汉菜时，娄说："等会儿你们割点去，这么多，一方面我没有时间割去卖，一方面我的确卖不过来。"

我与文同时说："你辛辛苦苦做的，我们怎么好意思要你的，何况这么远，拿回家都蔫了。"我们这样说时，娄就不坚持了。

另外的土里，也遮盖有长长的薄膜，娄说："里面培育的是四季豆苗。"当然，也有荒着正待耕种的土地。娄说："这半边没耕种的土地，我准备拿来栽朝天椒。"

我们走走停停来到最上面，娄也介绍完他将在这大片土地里种些什么。按娄的说法，这一大片土地他已是计划好了，要全部种上他想种的农作物。

"你确认你承包的 50 亩土地都拿来种果呀、花呀、蔬菜呀什么的，并已确认种这些会给你带来的经济价值比种高粱、麦子、玉米等粮食的价值大么？"这一路走来、看来和听来，我心里一直憋着一句话要问，现在我终于把心里想问的话说了出来。

"从经济收入来讲，应该是。"娄毫不犹豫地回答。

"你知道市场上麦子多少钱一斤吗？你知道高粱多少钱一斤吗？而且这些东西市场上好像是少不了的，麦子做成的面粉几乎还是人们的主食呢。"我对娄说道。

"种麦子和高粱，包括种那稻谷，我认为都是挺麻烦的事情，不但一年只有一次收成，而且因为它们从播种到收割的程序多，最后吃进嘴里不下要 10 道工序，所以，我不想种这些。"娄愁着脸坦诚地说。

我知道娄说的是实际的话，的确也是，就拿种麦子来说，先要挖土，然后要把土捣碎，然后打苗窝，然后把种子丢进窝里，然后施肥、浇水，然后打药，然后收割，然后把麦穗拍打下来，然后晒干，然后用机器打成面粉，然后加水揉成面团，然后做成面、包子、馒头。面、包子就不说了，就拿馒头来说，把面团分成一个一个的小馒头，然后蒸好，最后才吃。这一路算下来，就要十几道工序。要是我来种庄稼，兴许也要考虑这些，在土地上种庄稼，既要不太麻烦，又要很快变成钱。毕竟钱考虑的是第一呀！

"你承包这些土地，每年付给那些承包给你耕地的农民的钱，以及工资，是否没问题？"我又问了一个问题。

"这个要看市场上的情况。"娄不确定地说。

"假如种的人多了，多了就不值钱，那么，获益就不大，获益不大，付给农民的工资，兴许就不能稳定。"娄说道。

"还有，问题是有的年轻人不愿种庄稼，留下老年人又种不了多少，然后，我把荒着的土地拿来耕种，然后请他们来帮我耕种，结果，他们不但要我付承包费，还要付工资，我……如市场上又不确定，所以，这个问题……让人心里很矛盾。也影响我坚持这样做下去。"娄脸上显出复杂的表情说道。

"要是他们不收承包费和工资该多好呀，对不对？那么，你这个'地主'，恐怕真的会成为富有的'地主'了。"我看着娄开玩笑说。

"如真是这样，他恐怕要把这所有荒着的土地都承包来做了。"文也笑着说道。

"哈！哈！哈！"听了文的话，我们三人同时大笑着。

2014 年 4 月 5 日

170 亩承包商

土地承包商与承包户不同，土地承包商是专门从事经营生意的来承包土地，然后来经营他认为赚钱的营生。

万盛属于山区丘陵地势，走在乡村的路上，四周总是高矮起伏的山峦，或圆形的，或三角形的，或奇形怪状的，连绵不断，重重叠叠。人走在乡村路上，实际上就是在山中绕行，绕行在山的峡谷中。这峡谷中的路，仿佛是上天故意布置的一个网阵，而人就在这网阵中穿行，从进口在网阵中穿来穿去，然后云里雾里费力地走出出口。但在山围着的某一处，总又会现出一块平地来。

万盛的乡村的庄稼地，大多是在山腰和山脚。山腰的是旱土，山脚的大多是农田。辛勤的农民们，或爬到山腰种各种蔬菜和粮食，或到山脚农田里播撒谷种，栽秧苗种稻谷。年年如此。他们在这山中生生息息，传代子子孙孙，直到现在。

现在，2014 年 3 月 25 日下午 4 点余，张主任开车到山中来接我与文往城里回的途中，经过金桥镇的青山村时，在沿路途一长长的山凹处，只见有一条长长的搭遮着薄膜的棚屋。据张主任说，这棚屋里是培育菜苗和葡萄果苗的。呵，猛然看时，这山凹中这一长长的薄膜棚屋，如躺睡在青青山凹处的一条白色巨龙，而这条巨龙肥滚滚的前不见头，后不见尾，很有气势，让人惊叹不已。

然而，我对如巨龙一样的棚屋的想法是，它的"肚子"里怎样？是空着的？还是装着茂盛的蔬菜苗、蔬菜、葡萄苗、葡萄？如是，那么，惊叹它应是毫无疑问的，它定如一条生机盎然、充满着无限生命力一样的巨龙了。

那么，它到底是怎样的呢？

据说，这薄膜棚屋占有 3 里长的路程。

"这长长的山凹处原本是层层农田，在上世纪 90 年代以前，农田里都关着水，这里的村民每年在春耕时节，都要在这层层农田里种上稻谷。不管在栽种时，还是收割时，这长长的山坳里都会十分的热闹。后来，一方面这山凹处原本有水的农田也渐渐地成了旱田，一方面村里的年轻人渐渐地走出了山里，到山外面去打工挣钱，这层层旱田种稻谷的农户也就渐渐地减少。前年，有 3 个专门经营蔬菜和葡萄生意的承包商，在政府的引荐下，承包了这层层旱田来培育蔬菜苗和葡萄苗，以及栽种各种蔬菜和葡萄。"张主任一边介绍，一边把车停下。

文也是喜爱乡村的，当车刚停下，她就下了车，就径直往薄膜棚屋走去，我自然也是要跟着文走去的。在薄膜棚屋的两边，以及每隔一段距离，都修有 70 厘米见宽的

平实的水泥路。我们沿着水泥路一路往前走着，不时地掀开薄膜的一角来看，果真里面有各种密密的菜苗，里面也有什么都没有的。

沿途，不时看见有上了年纪的妇女和男人，在薄膜棚屋里除草、挖土忙碌。见他们做活儿是如此的认真、仔细，又是如此的熟练，仿佛他们已在这土地上耕种了上万年。

我们正在东张西望时，迎面走来两个背着背篓上了年纪的妇女，她们显得很清闲，但心里好像又有些话装着。她们的打扮像农民，但她们那表情却又有工人的样子。

"你们是在为承包商打工吗？"我和文问。

"我们的一部分土地承包给了承包商，他请我们给他打工，为他栽种、耕耘、收割，然后，他按天给我们工资。"其中一个年纪大一些的妇女回答。

"你把你的庄稼地承包给他，他不补助什么给你们么？"我看着两个妇女问。

"要，每年每亩地他要补助 600 元到 800 元不等。"另一个年纪小一些的妇女回答。

"那他这些能兑现么？"我又问。

"承包这山凹处土地的有 3 个老板，这整个山凹处的土地有 170 多亩，我们给他做活儿的是其中的一个承包老板，他是专门经营蔬菜，已承包 3 年了，不过今年我们的老板换了另外一个。原来的老板给我们的工资呀补助呀倒是兑现了的，今年这个已有两个月没有给我们工资了，补助费现在也没给我们，他让我们等一段时间。"年纪大一些的妇女脸上有些不高兴地说道。

"那他的效益不错吧？"我继续问道。

"他的收入就是卖这蔬菜和蔬菜苗。"年纪大一些的妇女又告诉说。

妇女在说卖蔬菜苗时，我扭头从我旁边的大棚屋的缝隙看进去，果真里面满是密密的小小的蔬菜苗。当然，有的地方是空着的。

"可是这些蔬菜和蔬菜苗是有季节的呀？而它们能卖多少钱呢？毕竟支付给你们的不是一笔小数目呀？"我有点不解地问。

"这是温室种菜，可以说四季都有，那么他四季都要赚钱。"仍是年纪大一些的妇女回答。

"哦，要是用心经营的话，收益还是不错，怕的是不用心经营，或者找了钱用在其它地方，或者以这个来做个幌子什么的，这样，不但白耽搁了你们的庄稼地，也误了你们种庄稼和收成。是不是，文？"我看一眼文又看着两个妇女道。

两个妇女沉默着没有说什么。

"假如他就经营这些菜苗，没有很大的收益，就没有多余的钱给你们，或者说假如他把你们的工资拖欠了，假如该给你们的补助费拖着不给，你们还愿意把土地承包给他么？"我看着两个妇女又小心着问。

"我们本来是愿意承包商来承包我们的庄稼地，我们也愿意为他们打工，因为这样算来，我们每年的收入要比

己种粮食划算，至少每年有钱装进我们的腰包里。假如他拖着不给，兴许我们把土地拿回来有的也会荒着，因家里只有我们两个老人在家，是无能为力耕种那么多土地的。"年纪小一些的妇女有些无奈地回答。

"你们怀疑过承包商么？"我看着她们问。两个妇女沉默着又没有回答。

"有些承包商还可以，听说有些承包商却很奸诈，反正政府要扶持他们，他们有的来搭个架子，得了钱，做两年三年就人都看不到了。"这时走来一个扛着锄头的大爷脸上带着复杂的表情说了一句。

"现在农村的土地呀，都是我们这些大爷大妈和这些承包户和承包商支撑着！再过 10 年、15 年，这农村的土地不知道咋样了。"大爷离开时丢下这句话。

此时，两个妇女匆忙着也跟着走了。

快 5 点半了，山里的天色渐渐开始暗了下来，夕阳还在天边闪耀，仿佛它还要用它最后一点光为大地照亮，为大地奉献出它最后的余光。

这山凹处长长的白色巨龙样的薄膜棚屋，在夕阳西下静静地躺着，从外表看，弄的肥滚滚的，仿佛它在享受这肥沃的土地给它带来的舒适和安逸；又仿佛因有人庇护着，而用不着做什么腾跃的举动。但假如暴风雨来临时，定会把它击伤击碎的。

当然，这都要用时间的变化来检验。

2014 年 4 月 9 日

200 亩承包商

3月26日上午9时半，我与文离开城区到不远处的丛林镇绿水村。

绿水村属山区兼丘陵地势，以至于在每一处周围的山中央，都有一片较平的地势。

的确，当我们驱车来到绿水村一山腰处，我们下得车站在公路上往山腰下山脚下望去，只见眼前一片平坦。有旱地，有农田，有一小溪流，也有几栋单层砖房集中一处的农家。旱地是庄稼地，有的种了油菜，此时，油菜花也开的金黄灿烂。

站在山腰处，见那金黄灿烂的油菜花，在那片平地上分外醒目，也分外耀眼，仿佛把那片天也映衬得也灿烂一般。连在那油菜田紧挨着的一块旱地庄稼地里正忙碌的几个人影，是男是女，是老是少，也映衬着看的分外清楚。在农田里，有的有水，有的在变着旱地。3月底的农田，还没有人耕犁。

而那一处农家，却偶有两三人进出。

　　"那油菜花开的真漂亮呀！我们下去照几张相好么？"我对文说。

　　于是，我们沿着小路下坡往那一片油菜花走去。

　　"啪！啪！"当我们下坡走到平地庄稼地处，只见不远处，两个中年男子正用铁耕牛在耕一块旱地。其中一人用一根绳子在前面拉，而另一人却把持着手把，弯着腰，双脚往后蹬着正用力在往前犁。

　　"文，看他们那费力劲，为什么不用锄头来挖？却用那铁牛来犁？"我看着那极认真耕地的两人，问文。

　　"现在农村耕地都用这铁牛来犁了，这铁牛呀，你不要小瞧它，它不但可以犁旱地，还可以犁农田呢。"文说。

　　"我们不如去试一下，这个新鲜事物肯定好玩。"我说着就往那里走去。

　　我们走到两个耕地人处，大声向他们说明了我们也想试一试这铁耕牛的想法。没想到，两人竟很乐意地满足了我们好奇的要求。我从犁的男子手中接过铁耕牛并学着把持着手把，开始用力做作要往前犁状，而原来拉的人见我准备好就开始继续往前拉。然而，把持着铁牛手把的我，几乎使出了浑身力气，却怎么也往前犁不动一步。

　　文也来试了一下，见她拼命蹬着两后腿，身子往前倾着使力，而那铁牛就是不动一步的情景，我心里感叹道："原来这新生事物，是专门为男性发明的。"

　　"大哥，这块地有几分地？你这样犁要犁多久？"文仍在使力犁时，我问旁边的一位男子。

"3分地，我们最多10多分钟就犁完了，用锄头挖的话，至少要花半个小时。"大哥回答。

"你看那油菜花旁边的几块土也是用铁牛犁的，我们一天就犁完了。"大哥指着正有几个男女在忙碌的那块土地说。

"这铁牛犁地又松又细又快，不好之处就是太笨重了。"当我与文把那铁牛还给那两位大哥，往那几个男女忙碌的那块土地走去时，我对文说道。

"用这铁牛犁地，要有力气才行。"文说。

"你说得极是。"我答道。

我们说着说着就来到了几个男女正忙碌的耕地处。

"这土挖得这么细，又理得这么平展，理得这么均匀，定是用来撒小麦或其它粮食种子的吧。这土质这么好，的确适合用来种粮食，假如种粮食的话，那么，粮食一定会大获丰收的。"当我站在田坎上，看着四五个中年男女蹲着在忙碌的这块土地，心里欢喜地思量道。

当我这样思量时，抬眼看了周围，的确，周围所有耕地的土质同样的好，湿润，柔细，肥厚，是种粮食的好土。如都拿来种粮食，这里的粮食一定有个好收成。旁边这块油菜不是长得很好么。我一边看，一边心里这样想道。见眼前几个正忙碌的中年男女，心里不禁又一阵高兴。

"大姐，你们是在撒小麦么？"我来到一位中年妇女身旁问。

"不是，是树苗种子。"中年妇女回答。

"树苗种子？在这块土里培育树苗呀？"我睁大眼睛有些失态地惊问。

"对，具体的我也不太清楚，你去问那边那个穿白色T恤的男子，他是老板。"中年妇女向不远处指道。

用来培育树苗，那不是又要少一块种农作物的土地了？哎！也许是这树苗比种农作物划算吧，省事吧。不知怎么的，当听说将在这么好的土地里培育树苗时，我的心揪心地痛了一下，刚才放松高兴的心情，一下子整个的收紧了，仿佛像对丢失了一件宝贵的东西感到万分可惜一般。

我又抬头看看周围，心想，其它的该是拿来种粮食了吧，就这块用来培育树苗倒没啥。我像这样想时，心里又放松了一些。

"听说你是老板，我想请问你一下，这么好的土质你怎么就用来培育树苗呢？"我走到正蹲着忙碌的中年男子旁边，然后也跟着蹲下时问道。

"就是因为土质好，才拿来培育树苗的。"中年男子理直气壮地说。

"你是本地人呀？这块土地你自己的么？"我问。

"不是，我是从江津到这里来的，这块土地我承包的。"中年男子回答。

"你把手里的渣渣埋在土地有什么用哦？"我从中年男子手里抓过一些碎树叶一样的渣渣好奇地问。

"这不是什么渣渣，是树苗种子。"中年男子道。

中年男子一面说，一面递给我一小片树叶，然后仔细翻着给我看。果然，只见小小的树叶里包着油菜颗粒大小一样的种子。这么小的种子，粗心看是看不出来的，要仔细看才行。中年男子说，把这些种子先埋在土层表皮，然后，轻轻地浇一些水，它就活了，它就开始慢慢长了。中年男子还说，他培养了多种树苗，其中就有桂花树苗。而桂花树苗当长到一定大小时，要卖几块钱或十多块钱一棵，这样算下来，将会有一笔不小的收入。另外，在这些土里也可以栽桂花树，等长大了，可以供游客观光，也是一笔收入。

"按你这样说法，你不会仅仅承包了这块土地吧？"我小心地问中年男子。

"哪里就是这一块土哟？你看挨着这周围一大片，包括那一部分农田，都是我承包了的。"中年男子挥扬着手回答。

"你把这一大片土地都拿来培育树苗？"我心里烦恼地大声地问。

"当然，有数量才能找钱，才有气势，观光的人才觉好看。"中年男子自豪地说道。

"说倒是这样说，要是很多地方都像这样，你这树苗还会有人要么，这个地方还会有很多人来这里观光么？"我套着脑袋放低声音这样对中年男子说道。

我知道，我心里是在责备这个中年男子。同时，我心里也有些莫名地不好受。我更知道，我不是什么科学家，哪些土质该用来种什么，哪些土质不该用来种什么，哪些地势该用来种什么，哪些地势不该用来种什么；我也不是

一个政治家，在这一片土地上用来种什么，将会给这个地区带来多大的经济效益，或者给这个地区的农村将带来什么样的好处；我更不是什么预言家，如果在这片地区的农村土地上少种了什么，或者长期少种了什么，将会带来什么样的后果。但就我个人对农村土地的利用的浅薄知识，和对社会的发展的浅薄知识来看，对土地的用法，总认为，大多数都应该是拿来种农作物的才对，尤其是那些土质好的，肥厚、润湿的。如真要拿来培育树苗，那么，土质稍微差一点的，地势用不着那么平坦的也可。然而，这个承包商却在这既是平坦的地势上，又是在这土质肥厚、润湿的土质里栽种树苗，我心里有一种声音在告诉，或者是在叩问：他是不是在浪费土地呢？

在我的思想中，总认为凡事要因地制宜，要因事而议，不能跟风，不能随潮，不能只讲所谓的轮番经济发展（如是持续发展就好）。

要讲究个实际和实效和适用才是。

在我的所知中，重庆的各个区县里，像这个中年男子承包大量耕地，来培育树苗或栽一块一块的树和树苗的，不少于两家。那么，在整个重庆，用来播种农作物的耕地，不用说自然就要减少这么多，更不用说开发商用来开发的耕地了。

减少耕地，总是让人忧心的，就拿本地区来说，这么多人，每天每顿要吃这么多东西，这么多粮食，假如若干年后，耕地仍然这样减少下去，我们是不是还有丰富的食物？而粮食真的仍然不短缺么？

这，只有用时间来检验了。

但就我个人认为，定是要打个大问号的。

于是，当我听中年男子说，将用200亩的土地来培育树苗时，我对他有些讨厌了，讨厌他用他的方式为了找更多的钱，为了找更多的钱而来占有这么好这么多的土地。

他为什么不用50亩来培育树苗，用150亩来播种农作物呢？这样，说不定是既找了钱，又有了粮食的收成呀！

"如这样，该多好呀！"我在心里说道。

在我们离开的时候，我与文在黄灿灿的油菜花里，留下了几张让人爽心悦目的照片。在照相当儿，我在心里说道：不知来年时，这里是否仍能看见这黄灿灿的油菜花了。

2014年5月6日

拜访区农业局副局长

作为一名真正的作家，是受各方层次的人尊重的，这点似乎无可非议。兴许都认为，大凡作家都十分的了得，笔下能生辉，能把万物升华，能把几点小花写成如一片阳光照耀吧。然而，作为我，还称不上什么作家，自认为，仅仅是一个热爱文学的作者而已。如某人把我作为作家来尊重，我定会深感内疚，也会耻笑对方没有多大见识和水平的。

当然，我也会由此为这误判暗暗为之努力的，来回报他们对我的提前的尊重。

是的，我已决定，我将要去拜访万盛区农业局领导。

当我走进办公大楼，接待我的是一位区农业局苑副局长。

苑副局长是山西人，据说来重庆已有好几年了，然而，他却仍然说一口流利的山西话。奇怪的是，他听重庆话一点都不费力，仿佛山西话就是重庆话、重庆话就是山西话一般。

　　在苑副局长接待我之前，我是事先在他办公室等他的。这次拜访，我知道我有些唐突，甚至认为是冒昧。我又自认为我一个悠闲之人，却偏偏要来占用他们忙碌人的时间，这算什么呢？我到底是为了什么呢？然而，当我走进办公室听说要我等一会儿时，我就静静地坐在办公室等了。我对自己说：不管我等多久，我都无怨无悔，因为，我来是想把我心里想说的话让他知道。因为，毕竟，人家领导已经答应见我了呀！

　　已经接近中午了，只见苑副局长手里拿着公文，匆匆地大步地走进办公室来。在这时，我一面观察着这个副局长，一面在心里思量着，心想，这个苑副局长，定要坐在他那办公桌旁的高靠背的椅子里，然后，高高在上地与坐在进门处双人沙发上的我，来交谈。因对于我，他毕竟陌生，因对于我，什么也不是。

　　当然，他完全有理由坐在那高高的上面，不以为然地俯瞰着我，然后漠不关心地敷衍了事地与我说话的。此时，我心里像这样那样地折腾着思量。

　　在我所坐的双人沙发处的右手旁边，有一单人沙发。

　　"哎呀！你就是……让你等久了，这一天工作忙的。"匆匆走进办公室的苑副局长，一面把公文搁放在他所坐的办公桌上，然后一面转身爽朗地用山西话这样说着，一面又走到单人沙发处坐下。

　　在我还在想着苑副局长将坐在高高的位置之处，我将用如何的态度来与他摆谈时，他却坐到了我的右手旁边的

　　　　　　　　　　　　　　　　　　　　　　·105·

单人沙发上。这举动，让我有些回不过神来。

当我看着眼前的苑副局长，定了一会儿神后，顿觉自己一下子提升到了人的位置，是因为听说我是一个作家的缘故来尊重我么？但不管怎么说，也顿觉这个副局长的亲切了。仿佛，我们不是第一次见面，仿佛，我们不是还陌生，却如已久的朋友关系一般，又见面了，现在要坐在一处摆谈。

苑副局长这一举动，让我复杂的心情平和了很多，思想里也排开诸多的杂念。于是，我把我心中的想法、疑问、建议，客气与不客气地一一道出。

让我惊奇的是，坐在我旁边的这个领导，这个男人，原来也是多愁善感的，当我说得很客气时，苑副局长显得一脸的谦和和不好意思；当我说得不客气时，苑副局长并没有生气，却是满脸的惆怅和满脸的忧伤。他的情绪感染着我，也刺激着我的心绪，我不禁泪流满面。

说来，我提的也并不是十分不客气的事情，我只是提了那承包50亩土地的农民娄，说他在这50亩土地上，有的拿来种花，有的拿来种水果树，有的拿来种蔬菜，有的拿来种朝天椒等。作为政府，是不是该为这些热心耕地的农民，进行指导或引导。引导他在这50亩土地上，分几大片区出来。然后，根据土质和地形，以及，集合市场的需要来决定这一个片区拿来集中种什么，而另一个片区拿来集中种什么。不然，这样种法，不但承包人很辛苦，恐怕收益也不大，兴许还影响土地的长期有益利用。

　　苑副局长并没有回避这个问题，他说，通常情况下，地方政府大多只负责把外地的商家引进，或者促成本地愿意承包土地的农民来承包多少土地，然后在资金上给予适当的扶持，其他的就不以干预。如要种什么，种多少，随他们的愿。

　　的确，作为从农村走出来的我，作为一个关注着农村土地上的耕种的我，作为一个热爱文学的我，对于农村目前的情况，年轻人都投身到城市搞建设，为社会的发展，也为自己的命运和生存，而留下老幼在农村守候着土地，心里是有着不一样的多虑。

　　而智者却说这是时代潮流必经的历程，那么，我退万步说，我承认他这种说法。

　　可这，时代潮流必经的历程，这种境况，如浪潮，仿佛谁也无法遏制，谁也无法阻挡呀！那么，那逐渐荒着多的耕地是不争的事实，该怎么办？！

　　当然，当地政府为了利用土地，或者说为了保护土地，或者说为了少一些荒地，也为之付出了努力和辛劳。但我总认为，当地政府在付出努力和辛勤的同时，应更进一步地对承包土地的商家，或当地承包耕地的农民，进行科学引导和管理；以致包括要对农民到城市打工的进出人口也应该控制和管理。那么，农村的人口，农村的土地，农作物的耕种，粮食的保障和安全，是让人放心的。那么，这才真正符合时代潮流必经的历程的真正意义呀！

　　那么，城市和农村，从人口、生活水平、经济水平等

来说，才达到平衡么？不然，待到若干年后，有些问题就很难预料了。

这是我个人的想法。

当我把我的担忧告诉苑副局长时，苑副局长一面沉思着，一面有些侥幸地说，我们重庆，在全国不是粮食生产的重要省市。至于我们万盛区，因地势的原因，是重庆要求打造成的景观地区。

哦，这个理由仿佛说得过去，打造成景观地区，找了钱，可以拿钱到市场上去买各种粮食，这也是生存的一种办法。

要我说，一个或少数地区用来打造成景观，以旅游来带动或提升地区经济，是可以的。但是，如多数地区都是如此，这不得不让人深思或忧虑，这能长远么？

社会的往前发展，真会越来越好么？

农村偏远的地方，不会变得越来越荒远、越来越人烟荒芜么？

农村的人口越来越少，种地的人也越来越少，那么，粮食不是也随之变得越来越少么？

城镇的人口越来越多，而闲耍着的人不会越来越多么？社会治安社会的稳定不会越来越难以驾驭么？……！

我觉得我很对不起这个区农业局的领导，我的忧思，让他也有了些心情。不过，我觉得是好事，我窃喜，因这个地方的领导毕竟已为之思虑了呀！那么，说明，这个地方的耕地以后的利用将会被重视，而不用愁了，这个地方的粮食安全，就不用忧了。

见了苑副局长满脸的愁绪，最后，我带着轻松的心情与苑副局长握手离开了他办公室，并到他指定的地方，洗了我脚上的泥土后，离开了农业局，离开了万盛这个环境优美的地方。

最后，我作一首《老农的土地》的诗，来作为结尾：

山虽然青着却只能作一时的观看，
而土地虽不能观看却是一生的依赖。

山外面动听的乐音哟，
我的耳朵没有年轻人的灵便，
以致不能把我根固在这片土地上的心
被山外面召唤去。

土地是我的亲哟，
土地是我的爱。
那每天脸朝黄土背朝天
与土地为伴与土地亲密交谈，
以及看着那可人的庄稼在土地里成长，
已是我最大的情趣已是我最大的祈盼。

土地是珍贵的物宝，
我愿用一生的时光把这无价的宝物守看。

我要在它上面种上粒粒希望，
让这粒粒希望变着我那最终最终的梦幻。

我的梦幻就是
在这一方万盛的土地上，
让子子孙孙生生不息
生生不息到万代；
让子子孙孙的生活永远永远
永远无忧无患。

土地不能蔑视哟，
我有一腔热血，
我愿把热血的最后一滴
洒在土地上，
让土地长出的片片粮食
一望无际并金色灿烂。

2014 年 5 月 12 日

孝子河畔

在看这篇散文时,先呈你一首诗读读,标题叫《孝子河》

苏醒了的晨风
轻轻地吹拂,
吹拂着沿途诵吟
诵吟一个古老而美丽的动人传说,
响彻至今回响在今天
那孝子河的两岸。

听:
我虽遥隔在万里的河岸,
可我的血液里流淌着
你那浓浓的情,
你并把我日夜牵盼。
以致让我对你的思念
一刻没有减一刻也没有减淡。

我的母哟，

即使寒冬即使烈阳，

也不能把我与你的情阻碍。

我的母哟，

即使黄河即使大海，

也不能把我与你的情隔断。

我在河岸遥望着你，

我呀，

我定会冒着寒风顶着骄阳，

不管春夏秋冬，

哪怕我粉身碎骨，

哪怕我献出生命，

我也会满怀我的浓情，

造过黄河跨越大海，

投入你那温暖的情怀，

并享受你那博大的慈爱。

请等着我，

对岸的母哟，

我就来我就来。

我已在半途，

我并把我的脚步加快。

不管从夜晚走到天明，

还是从天明走到夜晚，

我一定来我一定来，

来与你相伴，

相伴到永远，

永远不分开。

我已在半途了，

我一定来我一定来。

母哟，

我已瞠到了河心，

今天的河水

比往日更湍急比往日更冷寒，

请你把我等待等待，

我就来……

3月26日的清晨，7点15分，我信步绕着万盛体育馆，呼吸着清香的空气，一路享受着，一路欣赏着，一路感受着，不觉中来到了孝子河畔。

据说，孝子河其名来源于一个传说。相传很久以前，此处有一条河隔了两岸，有一母子俩，母住对岸，儿住这岸。因儿子是个大孝子，每天他都要趟河过去看他的母亲，然后再趟河回来。一天，这条河涨了水，河水顿即加宽加

深了，儿子仍然要趟河过去看母亲。然而，他这次却没趟过去，却深深地沉在了河底……

兴许是这条河名字的来历感动了万盛人，而使万盛人把这孝子河打扮得着实不一般，打扮得着实精美无比，也打扮的着实让人感到万般惬意与温情。仿佛告诉前人，请放心，现在的孝子河如要往返对岸，也没有以往那么艰辛，也没有以往那么的顾虑和险要，以及要付出生命的危险。在你空闲与不空闲的时刻，只要想与亲人相会，都会使你很快地欣慰地与亲人团聚，团聚诉说你的思恋之情、诉说你来沿途所见的风光和美景，它们并让你一路兴奋不已的话语呢。

的确，没错，在这条孝子河上，已架设两座坚实的桥梁以外，在孝子河两岸堤坝上，沿途还栽了一排翠绿的柳树。柳枝低垂着，随风摆弄着，吟诵着，低语着。那，随风的吹吟，随河流的淌泄，随过往行人的脚步声，它们组成了一首诗一般的风情迷意。

在两岸堤坝壁上，就是一壁的花草。各色花点点滴滴，它们眨着眼睛调皮妩媚，它们迎着风吹，迎着河流的淌泄，组成了一道灿烂的欣喜图景。

在河流两岸，是宽宽平实的行人水泥路，路上每隔一段距离，就有一张木条座椅，面向河流而立；不用说，这座椅是为情人而设，是为老人而设，是为诗人而设，是为多情的人而设。这座椅似乎告诉你，让你坐着静静地倾听风的吹响，让你坐着静静地倾听河流的流淌。然后，让它们告诉你，以前发生的动人的故事。

的确，当你用心倾听时，那堤坝呀，壁呀，河岸呀，风和河流都在告诉你，这里曾经的故事，让人心酸，也让人动容。告诉你，人与人之间的情意，尤其是亲情，任何山川，任何河流，任何险景，都是阻挡不住的。人间真情贵如生命，生命算什么呢，没有爱，没有真情，山不坚，水不流，美好生活今天不会存在，今天不会实现，实现了也不会长久；而生命也会薄贱得如草木。

所以，在这美好时光，在这样美丽的地方，请不要忘记，做人的准则，做人应尽的职责和担承和应尽的孝道美德。

说得极是，假如世间没有爱的付出，世间没有真情的所存，时间定会停止，梦如海市蜃楼只是一瞬，而一切美好的追求都会破碎。

这是我的认为。

我漫步在河畔，我倾听着风的吹响，我倾听着河流的淌泄，脚步轻轻，轻轻地走着。我虔诚地仰望这里的处处景色，心里在感叹先人的同时，也赞叹后人，对美好生活的无限向往与不懈的追寻和塑造。

所以，我告诉风，你轻轻地吹吧，让空气顺畅，让空气芳香，让美好的久远。那么，人们的生活一定会一天比一天更美好。

我也告诉河流，你日日地淌泄吧，不枯不竭，滋润这里的土地，孕育这里的花草，爱，一定会在这里处处播撒，尊老爱幼的美德，也一定会代代相传代代被颂扬。

　　哦，好美，这孝子河畔。哦，好伟大，这景色。哦，好惬意，这堤坝壁上的花香，我愿把这里传唱已久的故事，用我纤棉的文字，把你四处传遍。

2014 年 5 月 12 日

三、垫江行纪实

明月村

垫江是重庆农业生产的大县之一，它属于丘陵兼平原，地势较平坦，水源丰富，土质肥厚，是播种农作物的好地方。

4月3日上午10点半，我从汽车北站乘坐公交车到达垫江县城汽车站，下得车，见《垫江日报》一个朋友已早早到此等候。朋友姓梁，和梁一道来的另有一个中年清瘦男子和一个娇柔秀美的女孩。据朋友梁介绍，中年男子姓王，也是热爱文学之人，女孩姓游。梁告诉我，他还要去接待从重庆来的另外的作家，说来参加牡丹节活动的，问我去不去，我说不去，我还是愿意到乡村去呼吸新鲜空气。就这样，梁就安排王老师和小游与我一道往乡村去。

同样，我们坐了一段路的车就到了乡村。

眼前，一片平原，各种庄稼此时展示在平原上。只见，

有一片片胡豆，有一片片蔬菜，有一片片黄灿灿的油菜。农田都空着，它们正等待农民去耕犁栽秧，但大多农田都已是关了水，四周田坎和田壁并都除尽了野草。

在这平原上，让人看着，旱地就是旱地，农田就是农田，心里无不赞颂这里的农民是种庄稼的好把手，不但很用心，也极认真，还极有经验。

"这里的农民真是爱恋耕地，真是热爱种庄稼呀！"见眼前的情形，我心里感慨道。

"这是明月村，桧子姐。"小游告诉我。

"喔，明月村，好好听的一个名字。王老师，小游，我们不如沿着田坎，到前面那村里去看看，那里的房子怎么修得这么漂亮，还是五层楼呢。"我对两人建议说。

王老师和小游好像都听我的，他俩同时说要得。

就这样，我们3人一前一后地踏着田坎经过片片胡豆地，经过片片油菜地，以及经过一块一块的农田，向那修着楼房的村里走去。

沿途这些茂盛的庄稼地里，此时，只偶尔看见中年妇女和老农在忙碌的身影。

"看来这些茂盛的庄稼是这些中年妇女和老农播种的，他们真是伟大呀！原想这些庄稼应该是青壮年才能做的事情，却让这些老弱和柔弱的肩膀承担了。"看着沿途茂盛的庄稼，看着依稀在耕地里的老农和中年妇女的身影，我的心里有些愁绪，我相信我此时的面部表情也是烦闷的。不觉中，对身旁的各种庄稼倍感怜惜。以至于对市场上各种蔬菜以及各种粮食价格的提升，认为是理所当然的了。总认为，这耕地里，不但有他们的汗滴滋润着，还有他们那顽强的意志的播撒，才得以使这些耕地里的庄稼茂盛，最后到大获丰收，到摆满市场上的架子上。

"到了，桧子姐。"旁边的小游说。

"你真的确定要到院里去吗？院里有狗你不怕吗？"走在后面的小游有些担忧地提醒我。

"我不怕狗，因为我不侵犯它，只要我们平和着心态走进去，它定不会理我们或者咬我们的。"我安慰小游说。

王老师走在最后，仿佛他是为我们押阵的。

果真，当我们走进院里，并没有见着一只狗的影子，却见在院坝的边沿处坐着3、4个中年妇女和一个老年妇女，她们正闲在那里摆谈着。

这是一个三合院，正中和右边都是修造的五层楼房，楼房的墙面外装都装修得光洁明亮，仿佛这里不是乡村，而是镇街的一角。左边是单层矮房。院坝打扫得干净整洁。面向院坝就是一块一块的农田，和是另一个对面的村院。

"假如我住在这样的楼房里，周围又是如此的环境，我定会感到心情愉快也。"我一面向院坝边沿走去，心里一面这样想道。

当我们3人走到几个妇女处，其中一个妇女像见了来客一样，赶紧起身到屋里端出两张小凳子来。我们3人很快或站或坐地给她们融在一起了。

摆谈中，得知原来她们的男人和儿女都出去打工挣钱

了，她们是留在家里看家、照顾孩子和耕种自家自留地的。其中一个中年妇女是刚从外地回来，她说她农忙完了恐怕又要出去，又要到他男人打工的地方去。另一个中年妇女听了，开玩笑道："你是怕你男人被其他小妹儿拐跑了，你是去监视他的哟。哈……"说得那个中年妇女脸一阵红。

她们现在是该忙的忙了，该种的种了，就等 4 月中旬时，请人来耕犁农田，然后插秧的事情。接着就是收割油菜，摘胡豆了。当然，在这当中，她们几乎每天都要把地里种的各种蔬菜，割来整理背到街上去卖，或自己吃。

"你们都喂得有猪吧？"我笑着问她们。

"没有，农村事情多了，家里人手少了，一方面没时间，一方面怕麻烦，鸡倒是喂了几只。"为我们端凳子来的中年妇女说。

"我们早上一早要把两个三个孙娃送到镇上去读书，回家来要赶紧上坡理庄稼，到中午时又要回家来自己弄饭来吃，休息一会儿后又到地里去，到下午最迟 5 点钟，又要赶紧到镇上去接孙娃回来，你看哪里有多的时间嘛。"坐在旁边的一个 60 岁上下的老年妇女，扳着指头数着说。

"另外，现在的人都不想像原来的人那么吃得苦，男人、娃儿在外面找钱，吃肉就都是拿钱到街上去买。"先前开玩笑的那个中年妇女说道。

"男人出去了，你们在家都把你们的自留地全种了？"我仍笑着问。

"没有，只种了近处的好一点的一部分土和田，其余的都承包给商家了，商家请我们去打工，他们按天算给我们工资。"为我们端凳子的中年妇女又说道。

我们正摆谈得热烈时，从右边楼房里出来一个中年妇女，一个老年妇女；从左边矮房里也走出一个瘦弱的年轻小伙子，和一对中年妇女。

"也没有种庄稼的，比如这个年轻小伙子就没有种，他有癫痫病，时不时地要发作一阵。所以，他庄稼没有种，是靠政府给他低保吃。"为我们端凳子的中年妇女道。

"我们家的田完全丢出去了，只种了一部分土，土里种了一些蔬菜，胡豆也种了，但油菜没种。"刚从矮房里走出来的中年妇女道。

"她男人有心脏病，也是申请了吃低保的。"先前开玩笑的中年妇女说。

我就是说嘛，刚从矮房里走出来的一对中年夫妇，看着挺年轻，皮肤也白净，心想，在农村，像这样的人没有出去打工，并有这样白净的皮肤定有些稀奇，原来是丈夫得了心脏病没种庄稼的缘故。

"你们粮食也没种，怎样生活呢？"我皱紧眉头问这对中年夫妇。

"政府每个月给一点，娃儿有时给一点，我自己种蔬菜卖点钱，我们俩生活上开支不了多少，就这样简单地过了。"妻子回答。

这时，从左边隔壁一个村院里又走来一对中年夫妇，俩人都是中等身材，不胖不瘦，看着精神百倍的。丈夫双

手衣袖和双脚裤脚都是挽的高高的，看样子是刚从耕地里来。妻子双脚裤脚也是挽的高高的，看着也十分的精明能干。俩人欢快并急匆匆地走来，仿佛我们是从上面来的某位领导，他们定要来看个究竟一般。

我是农村出生，在农村生活了十多年。农村的农民，农村的一草一木我都倍感亲切。这里的村院，村院的每一个人，不难想象，同样我也倍感亲切。虽然，此时人越聚越多，我像与我自己家乡的人一样，我与他们嘻嘻哈哈地摆龙门阵，没有隔阂，没有其它的杂念，也没有任何约束感，相互都很随便地说着。

我对刚急匆匆走来的一对中年夫妇笑着说："你们在忙什么哦，一身都是泥巴。"

"他在帮着修一口水塘。"妻子回答。

"哪里，我们村院旁边有口大水塘，政府准备拿来修成小水库，我在那里帮着修。"丈夫跟着回答。

"你怎么没出去打工？"我惊奇地问那中年丈夫。

"哎呀，还是家里好一些，有自己的住房，住房也宽敞；又有自己的土地做，又能和家人在一起，何况做事说话不看别人的脸色，不愁这样不愁那样，多好，多自在。"

"可是别人说，出去打工能挣钱哦，能改善生活，不然，不会有这么多人出去。"我笑着说了一句。

"说老实话，在农村，只要你勤劳点，吃，一点都不成问题。粮食、蔬菜、鸡、鸡蛋，都不缺。我自己又喂有猪，我每年都杀来自己吃，想吃时，就取一块来煮，又环保。家里的耕地我只承包出去少部分，大部分我自己在做，我两口子在家里耍了耍地做，多好，可以说比在城里强。说句实话，从农村出去的人，他们在外面日子好过么？不一定，有的人是逞强，是逃避做农活，认为城市安逸，有看头，有耍头。按我说，有的东西还是要讲实际才好。当然，有的人出去的的确确是在认真努力找钱，发挥自己的能力，为城市的建设作了自己的贡献，但这样的人毕竟是少数。我还是认为农村好，家里好，自己做自己的主人，把庄稼种好，把庄稼地利用好，不说是为社会作什么贡献嘛，起码自己过得好，这不，又住着这宽敞的房子，这日子过得多自由自在。"丈夫看来是个爽直的人，一下子就把他心里想说的全倒出来了，仿佛他路途中想好了来准备采访似的。

"哈！哈！"听了这个双手双脚都挽得高高的庄稼人的话，我不禁爽快地笑了起来。心想，不错，这才是真正的现代农民的思想和行为。也是我心目中，对现代农村的农民应该的想法和应该的生活。

在这新时代下，国家不是希望我们的农民过得快乐与幸福么，庄稼自由耕种，粮食自由收成，家禽随你养，都是你的，多的就卖到市场，钱也是你的。这样的社会，现代农民这样的活法，他们这样的生活，难道不令人欢欣么。并且，我认为这是多么符合现在这个时代发展的步伐呀！如大多农民都这样，农村面貌一定会越来越好。正如刚才这个庄稼人说的："比城里还好呢。"的确，农村的所用

的水、电、气，都比城里实惠，房子不用买，不用花钱，只要你付出辛勤，尽最大发挥显示出你的能力，所有收获几乎都属于自己的。这日子难道会过得不舒心么？

那么，这样，我们国家可以放一百个心发展。

然而，虽然时代在不断地进步，社会却越来越复杂，而农村，正如这明月村，这村院的农民们，他们的思想也参差不齐。有的安于现状，有的安于享乐，有的安于依靠国家政策，大多则安于随潮流，没有一个明确稳固的心态，盲目地随波逐流，导致了农村土地荒着，农村人口流失，农村耕地的长期惰性应用，以及粮食安全性的不确定。

这是我个人的认为，也许对，也许不对，都随时间来检验。

"祝你们过得越来越幸福。"我离开时，像大男人一样，拍了一下双手双脚都挽得高高的庄稼人的肩膀，欣慰地说。

然后，我们3人离开了村院。

2014 年 5 月 16 日

300 亩葡萄园

4月3日这天，天气极好，阳光明媚，光芒万丈，把乡村这片绿色的大地照得闪烁着绿湟一片，各种庄稼体内喷发出涩涩的清香味。

走在田坎上的我们贪婪地呼吸着，欢欣着，仿佛被这涩涩的清香味醉得人年轻了一轮，心儿也跟着飞扬了起来。

我们沿途开着玩笑，说着调皮话，我们欢快地说笑着，我们的笑声回荡在这片乡村绿色的土地上。

我们3人从这个村走出，然后跨过另外一个村，我们沿着块块庄稼走着，我们沿着块块农田走着。我们如蝴蝶在乡村翩飞着，在结了果的油菜和结了果的胡豆，以及茂盛的蔬菜丛里翩飞着。已经是中午时分了，太阳已上升到天空的当头，但我们感觉不出饥渴，也感觉不到疲乏，相反，我们的确欢快不已。

突然，一块大面积完全平展的土地展现在我们眼前，只见土地里规矩地栽着一行一行的藤苗。在藤苗旁边都插

着一根竹棍，有一片还搭着架子，另一片还搭了几个大的白色薄膜屋。

"这是一个承包商来种植的葡萄园。"小游指着眼前的一片藤苗说。

"这一片土地怎么这么平展？没有一丁点斜坡。"我看着眼前一大片平展的土地惊奇地问。

"哪里，原来这地方是一片块块农田，一方面有的农田的水枯了，另一方面那个承包商来看起这片土地平展，就把农田改成了旱地拿来种植葡萄了。"一个担着粪桶的中年妇女，正从我们旁边经过时，听了说道。

"不知这一大片有多少亩地？"我看着眼前的葡萄园自问道。

"起码上百亩。"旁边的王说。

"这些农田原来我们都是拿来栽秧种稻谷的，现在家里有劳力的男人和娃儿都出去打工了，留下我们这些妇女又种不了这么多农田，政府想办法把外商引来承包耕地，我们就把这些农田承包给了外商，我们就一面种我们没有拿出去的一部分耕地，一面给承包商打工。"本已从我们身旁已经过了的中年妇女，不知怎么的又担着粪桶折回身来，站在我们旁边说道。

"你们愿意把农田承包出去呀？"我问中年妇女。

"当然愿意，我们给他打工，打工一天他要给我们一天的工资，这样，我们一年下来也有一些收入。"中年妇女坦诚道。

"不过，上个月的工资和今年的补助他还没给。"中年妇女突然把脸阴了一下补充道。

"不知这个承包商是不是能够保证他有长期的效益？或者说，他是否完全有信心要在这里做上好多年？"我看着旁边的王和小游说道。

"这个承包商很有实力，我了解他，他在其他地区也像这样承包了这么多耕地。"小游又像是在为承包商辩护，又像是在安慰我的担忧。

小游我在前面说了，她是个娇柔的身材，个子虽不是很高，但却是很匀称，看着让人很爱怜的那种。我刚开始看见她，我还以为她是个高中生什么的，后来说她已工作了好几年了，至今我仍不怎么相信。不过，从她的处事和言谈中，的确表现出她已有工作经验了。她这么娇柔，跟着我走这条田坎，又走那条田坎的，我心里有些内疚。兴许她知道我的心思，她告诉我说，她习惯走乡村路，她喜欢乡村。当她这样说时，我就笑了，也不再担忧她。但她是个理想主义者，只要听到别人说什么，她认为准是了。当然，对于她目前这个年龄的思想，是可以理解的。

"万一他做上两年三年，自己找了钱，然后找个借口跑了，这些农田又该怎么办？"我看着王说道。

王是要比我大几岁，他说："有的承包商到农村来承包耕地，完全是为着政府的扶持资金来的，他们用他们应有的资金，来自己先搭个架子，然后做个样子出来，一旦把政府的扶持资金骗到手了，他们要么把耕地转包给另外

的人，要么干脆一走了之，最后受伤害的是这些农民，而土地也像被遗弃的孩儿，丢下又荒着，被白糟蹋了一阵。"

"土地又回到农民手里，但他们定是拿来让它荒着，这土地不是成了买卖的商品了。唉！这土地被反复折腾，在上面随意做这样做那样。也就是说，这个商家来了做这样，那个商家来做那样，没有了商家，它就闲着的情景。如此做法，是让人十分烦心的，而且，恐怕会引出麻烦不断。"我听了王的说法，心里自语道。

"这土地有点像被玩弄着，游戏着。"我笑着说了一句。

我们3人在摆谈时，中年妇女离开了。于是，我们3人就往葡萄园走去。

我们3人走进葡萄园，葡萄园里分成几个片区，有的片区已插了竹竿，供给长出藤的藤苗攀爬；有的片区还没有，兴许是藤苗还没有长出藤的缘故；有的片区还荒着。片区与片区之间都挖了支沟渠。主沟渠则在整个葡萄园的一侧，渠里盛着的水正在淌流。在前面尽头的一片区是荒着的。

兴许是中午时分，葡萄园里很清静，我们3人在葡萄园里转了转，只见有一个中年男子在葡萄园中央，正弯着腰用锄头整理支沟渠。他如不晃动或不发出锄头挖渠道时发出的声音，偌大个葡萄园是无法知道有人的。

我们3人看了无趣，就准备往葡萄园坎上一搭建了房子的地方走去。

此时，天空当头的太阳光"嗞嗞"地照射着大地，沐浴着万物，也沐浴着庄稼。旷阔的乡村清静着，只听见庄稼成长的声音，和土地在太阳光照射下，里面的水分蒸发的习习声，以及身旁葡萄苗成长的声音。

我们3人来到搭建的房屋门口，见屋里堆满了装着肥料的塑料袋。在进门有一小空处，而在小空处安有一张小方形的木桌，木桌旁边有一张办公桌。这时，有3人正围坐在小方桌旁吃午饭。

"在吃饭么？外面天气好热，能进来坐一会儿么？"我站在门口看着屋里的人笑着谦和地问。

"你们是……"坐在左边看着有些胖的中年男子，手里捧着碗扬着头问。

"我们是来旅游的，那葡萄园是你的吧，刚才我们到葡萄园去转了转。"我说。

"我们可不可以合作嘛？"站在我后面的王开玩笑道。

"进来坐。"中年男子招呼。

在中年男子招呼我们进去坐时，我和王就一步跨进去了，而小游始终站在外面。

我和王跨进去就与男子摆谈了起来。原来中年男子是重庆主城区的人，因一次偶然的机会到垫江与朋友谈起承包耕地，后来找政府谈了他的意愿，没想到一拍即合。

"你承包这耕地有多少亩？"我问中年男子。

"除了你们看见的一大片以外，我这房子对出去这一大片也是，总共有300亩之多。"中年男子回答。

"听说政府有扶持款项？不知你承包这300亩会扶持

多少？"我很随意问道。

"有，我这 300 亩政府还只扶持了一部分，不过听说政府扶持多少资金有弹性。我这些设备都是政府扶持的，包括修路、挖沟渠，以及搭架子。"中年男子面带微笑地说。

"我不知道你到这里决定种植葡萄前，是否考察了整个重庆各区县有多少家葡萄园，或者考察了垫江县各个镇各个村有多少家葡萄园，另外，也是否考察了周边市场上葡萄的销售情况。"我做着行家的样子问中年男子。

"这个种植葡萄，用不着到处去考察，因为，不管有多少人来种，市场上的销售量都大，销售都没有问题。"中年男子显得很自信地说。

"你恐怕要考虑修个加工厂什么的吧，比如把葡萄拿来装罐，或者自己拿来酿葡萄酒卖什么的。"我与中年男子摆谈说。

"修造这样的加工厂不是一件简单的事情，那还要投资很大，而且，葡萄园也还要扩大多种葡萄才行。"中年男子显得力不从心地说道。

"看你承包这么多耕地，应该是打算长时间地在这里发展吧？"我看着中年男子的脸说道。

"想是这样想的。"中年男子不是很用心的回答。

"听说你已有一个月没有付给你打工的农民的工资了？你是不是能保证给农民的工资和承包地的补助？"我仍看着中年男子的脸问道。

"工资这个月没有付，下个月可以付噻，不然拖久了农民肯定会闹。至于能不能保证农民的工资和补助费，我想肯定能保证，只是有时拖一下我认为是正常的。"中年男子心里显得有些不好受地回答。

这时只听小游在外面说要到一点钟了。

中年男子对我问这些问题似乎有些警觉起来，他避开我，开始扭过头去与旁边一位比他年龄大一些的男子说话。

"那不打扰了，等这里的葡萄熟了的时候，我们再来玩。"这时坐在旁边的王站起身对中年男子笑着说道。

王说完就跨出了门，我也跟着起身与中年男子打了招呼后也跨出门来。

于是，我们3人头顶着明晃晃的太阳离开了葡萄园，沿着刚修不久的公路显得有些乏力地向镇街走去。

2014 年 5 月 20 日

78 岁老农

下午 2 点余，王、小游与我，我们 3 人商量到新民镇双河村去走走。小游因有事另走了一条路，而我与王一道沿着双河村乡村的田坎走着，一路欣赏着。

王很健谈，一路上他告诉我说，他是来自于农村，他也很喜爱乡村，所以对农村一天天的变样，他都关心着。他和我谈到了同样的话题，那就是现在农村大多数年轻力壮的人都到外地去打工了，家里就留下年老体弱的人。谈话中，无不显出他对农村耕地的担忧，以及对粮食的长期保障的不确定性的多虑来。

他说，他老家是在山区，一方面到外地打工的走了一部分人，另一方面政府让零散的村民集中住在另一处。这样，人迁走了，原来较远的大多数耕地就丢下了荒着了。为此，他有些可惜那些丢下的耕地。

太阳照得人暖暖的，也有些刺眼。不觉中我们从胡豆丛中的小路走出来，到了一条稍宽大一点的大路。这条路看着应是这个地方的村民到镇上或其它地方进出的路了。

我与王刚来到大路上，眼前就见是一大弯的层层农田，农田里都盛着水。

"假如这一大弯农田都栽上秧子种上稻谷，那气势看着真是喜庆的。"我对旁边的王说道。

"原来这一大弯田的确都是种了稻谷的，像这个季节，这个地方也很是热闹，犁田的，平田的，扯秧苗的，栽秧苗的；收割的季节同样热闹。我想现在这一大弯田定仍是有人种稻谷的，只是看不见原来的热闹场景了。"王一面要往右边走一边说道。

"王，走，我们到左边去看看。"我对王建议道。

王尊重我的建议，我俩刚往左边走几步，这时，只见在不远处的田坎上，坐着一个头发有些花白的老人。只见老人穿着一件白色衬衣，衣袖挽的高高的，另穿了一条胶皮黑色筒靴裤，旁边搁放着一个竹篾编制的背筐。

我和王见了，三两步走过去，然后坐在老人不远处。我俩与老人之间相隔有一条沟渠。

老人有些清瘦，身板子却是挺直，与他说话他显出眼明耳灵。虽脸上布了皱纹，牙也掉了几颗，但在满脸慈祥的脸上，却显现出他顽强刚直的性情。

"老人家，你怎么一个人坐在田坎上？"我笑着问老人。

"我在扯田里的草，刚扯完我在这里坐着休息一会儿。"老人也笑着回答。

"你住在附近？这田是你家的么？"我又对老人问。

"我是住在镇街上的，这田是我农村的一个亲戚的，他们一家搬到外地去了，丢下了这田我拿来做。"老人回答道。

"你一个住在镇上的人怎么要来做庄稼？你在家耍着享福不是多好吗？"我听了老人的话感到十分惊奇地问。

"我原来是农村的，家里也种庄稼，后来搬到镇上住了没庄稼做倒觉不习惯，现在好了，趁现在有人丢下耕地不做了，我又捡来做，我又可以种庄稼了。"老人满脸笑容地说。

看老人那样子，他的确是喜爱这耕地的，老人说他还有儿女，但儿女都不在身边。家里只有他和老伴，他说他不愿待在家里，他更喜欢出来活动活动身子。老人还说他还有两年就是80岁了。目前，要了两块农田来做，从除草到犁田到平田到栽秧，他都是自己做，他不愿请人来做，他说他赶着季节一天做点一天做点，没什么大不了，别人家在收割稻谷的时候，他也一定在收割稻谷。老人还有些骄傲地说，这两年，他的邻居们都拿钱到市场上买米来吃，而他就吃自己亲自种出来的稻谷，他说他吃的米比别人的都香。有邻居拿钱来要买他的米，他不卖，只送。

"老人家，你真是伟大呀！"看着满脸笑容的老人说着这些话，我不禁对他肃然起敬。

我把眼睛转向被他除过草的农田，只见农田里干干净净的，四壁也是干干净净的没有野草，心里不由得赞叹老人是个真正种庄稼的好把式。

　　我看着老人，仿佛又看见了我父亲活着的时候，我们家也是种地人，我父亲活着的时候，他对耕地也是十分的惜爱，对种庄稼也是十分的热爱。父亲种庄稼，我常常在心里评论说，"精心、仔细、严格、爱惜。"以至于每年我们的农作物收成都很好。直到他去世的头两个月也是如此呀！

　　"老人家，这两块田你要做多久呢？"我看着老人问。

　　"只要我手脚是好的，身子骨是健康的，我就要做，我就要让这两块田不荒着，有收成。"老人坚定地回答。

　　老人的声音不大，然而却震动着这片天空。我看着眼前这一大弯田，心里有些孩子气地想道，要是这些老人永远不死该多好呀。

　　"老人家，你要回去了？"见老人坐起身把旁边的背筐背在背上，王猛然问道。

　　"我今天的事情做完了，我中午饭还没吃呢，我回去吃饭，明天就来犁田。"老人回答。

　　"哦，2点过了还没吃午饭，那赶快回家吃饭。"王起身催促老人。

　　我也跟着起身，老人和我俩道了别就朝着镇街健步走去。

2014 年 5 月 12 日

耕地帮工

　　我和王与老人道了别，就沿着大路往右边走，也就是沿着大弯的层层农田走着。

　　沿途，不时看见有一两个中年妇女和上了年纪的妇女，站在田里用锄头在挖着。有的是为田里除草，有的是为田坎壁除草。这些妇女的衣袖和裤脚都是挽得高高的，裤脚甚至挽到了大腿。

　　我与王每看见一个这样的妇女，都会停下脚步与她们摆谈一会儿。她们有的虽然上了年纪，但面部却是开心的，并看得出，她们是乐意种田的，她们是愿意这样辛勤地耕种土地的。好像还有些骄傲的心情呢。

　　的确，只要付出了辛勤，很快就会有收获的，只要有收获，那么就是一件值得开心的事情。

　　"老张，你那边犁完没有？"这时，一个正在田里用锄头除草的中年妇女，向不远处正用铁牛犁田的人喊道。

　　"马上就犁完，我这里犁完了就过来给你家犁了。"不远处被喊着老张的大声回答。

　　我和王与其中一个老年妇女摆谈完，就转身往右边继续往前走，走一段距离，正好碰上被喊着老张的和另外一个中年男子，推着犁地的铁牛迎面走来。

　　老张不高，穿着十分朴素，只见他双手衣袖和双脚裤脚都是挽的高高的，不但满身是泥浆，连脸上也沾满了泥浆。即便如此，他却是满脸笑着，很愉快的样子。和他一道的中年男子比他高，形象也是和他一样。

　　"这铁牛不是很笨重么，你们怎么使用起来好像很轻松似的。"我向老张打招呼道。

　　"用这铁牛耕地，得要有力气才行，我们男人的力气大，这铁牛在我们手里好使。"老张紧紧地看着我们并面带笑容地回答。

　　"你们刚才犁的田是你们自家的么？"我问道。

　　"不是，我们是帮别人犁的。"老张回答。

　　"哦，那这铁牛是你自家的吧？"我又问。

　　"这铁牛是我家买的，现在农村你是看到的，年轻力壮的人都出去打工了，家里就是一些老年人和一些妇女小孩。现在是春耕时期，家里没劳力的，这农田就只有请人来帮着耕犁。他们请我们犁田，只管拿钱给我们就是，我们每亩收 80 元到 100 元。我们拿了钱不跟吃。"老张回答。

　　"那说来你们的作用还挺大的，假如没有你们，要么这些农田有可能就荒着了，要么这些老人和妇女就辛苦多了。"王说道。

　　"说的是，我们不愿意看到这些农田荒着没人种，虽

然拿点钱，算来我们是应该得的，实际上也算是帮他们的忙，说来这婆婆大娘、乡里乡亲的，我们不帮谁来帮。说来那些老年人，那些女人家哪来力气。庄稼种起了，粮食有收成了，我们大家看着都欢喜塞。"老张满脸笑容地说道。

"你们一天要犁多少亩？"我继续问道。

"5、6亩不等。"旁边的中年男子回答。

"哦，那挺划算的，你们不是一天要找将近1000元钱呀？"我睁大眼睛看着两人不禁突然加大声音惊说道。

"嘿嘿！"老张用满是泥浆的手，摸着后脑勺笑着。

"我们也只有在春耕的时候和稻谷收割的时候才找这些钱。"老张突然收起笑容对我们说。

我见老张突然收起笑容的形象，我猜他的心里，他是希望一年四季都这样找钱就好了。兴许他还希望，那些出去打工的年轻力壮的人们永远不要回来更好，否则，他连在春耕和收割季节找不到这钱了。

"那这里的人春季耕田的时候要请人来做要花钱，收割的时候是不是也要请人呀？"我好奇地问两人。

"收割的时候大多家里要请，只有少数人家怕花钱不请。"旁边中年男子回答。

"那一块田耕种的时候要请，稻谷熟了收割的时候也要请，那他这块田种的稻谷投资不就大了，这样做划得来呀？"我看着两人板着指点算着说道。

"这……，的确也是，恐怕以后种稻谷的人会越来越少。"原本一脸笑容的老张，听了我这样说后，脸上顿时严肃起来。

"这样的话，以后恐怕你们找钱的机会也会减少了。"我开玩笑道。

"我能不能给你们诉诉苦？"沉默一会儿的老张，突然抬起头一脸委屈地看着我和王说道。

看来这个老张又把我们看着上面来的人了，我心里真是觉得既好笑又难受，这些一年四季穿着朴素，在耕地里播种庄稼的人们，他们是如此的纯朴，只要见了一个与他们不一样形象的人，就认为准是上面来的人了，真是让人心里感到很不是滋味。我埋下头，不禁沉默了一阵。

我正埋头默默想着的时候，王却背着手，昂着头说道："要看你说什么事，有些事我们可以想办法给有关部门帮你们反映一下。"

我见王那样子，心里觉得好笑。心想，你王怎么真的把自己当作一回事了，我们是做什么的，我们只不过无事到这里来随便逛逛，我们能帮他们解决什么问题呢？这不是自己给自己找麻烦吗？找尴尬吗？当然，分析起来他这句话也不是随便说的，兴许他真是这样的性情，真会这样去做的，因为，一个爱好文学的人，都有些打抱不平的性情，都是好管闲事的人。

"我就是说，你看我这个铁牛，现在正是农忙季节，这段时间每天都在用，这个铁牛用的是柴油来发的动力，它一天要消耗几公斤柴油，假如我今天去买了5公斤柴油，往往第二天，最多第三天油就用完了，就又要到加油站去

加油。可是……，可是那加油站的人为了防止我们把柴油拿去干坏事，一方面非要生产队的领导出证明，一方面一次只能卖给我 5 公斤。这都可以理解，问题在于，我每次去找队长打证明的时候，他大多时候不在，害得我只有把活儿停下来等他回来。你想，这春耕生产农忙时候，哪能把活儿停下来，我们还要赶紧时间才是。所以，你们能不能帮忙说一下，把这个问题给我们解决了，要不，不打证明行不行？或者，让生产队的派一个人在加油站在那里，这样我们就方便多了。"老张苦着脸哀求似的说道。

"加油站这样规定是正确的，哪里有把柴油拿来乱卖的，队长证明肯定是要打，我们帮你向有关部门反映，看怎么样来解决这个问题，说来的确这农忙时候耽搁不得。"王听了满脸正经地说道。

听了王的话，我顿感觉他这个人真的适合当一个领导什么的。这个王，我虽然和他接触还没有一天的时间，但他的言语中透露出，他是一个很有思想性的人，也是一个有诸多想法的人。他的性情率直，没有拐弯抹角，脑海里想什么就说什么，但说出来的却又是那么的振振有词有理。

"他是一个干实事的人。"我们在摆谈中我心里这样评价王。然而，从一路上王与我谈了他个人的一些经历中，我又惋惜他是一个"英雄无用武之地"的人，我不禁想到一个朋友曾说过的话："人啊，不要太率直，做人要圆滑一点才行，也就是要'见人说人话，见鬼说鬼话'，否则，不管你有多大的能耐，只有被埋没的份。"

　　我想王这样有才干的人，定是被他的性情所埋没了，不然……我看了旁边的王一眼，心里有些惋惜地想道。

　　这时已是下午快 4 点了，那边中年妇女在催。我和王与老张两人道别一声，就又继续往前走。

2014 年 5 月 22 日

双河村的清晨

下午快6点了，太阳已快下山，我和王踏着夕阳走在乡村的小路上。

此时，在庄稼地里，仍看见村民有的在蔬菜地里割菜，有的在土里挖土，有的在理好的一行一行的土里栽玉米秧苗，而有的开始回家。

我俩又沿着近500亩的各种树苗丛林，一面认着各种树苗，一面欣赏着各种树苗的形象，直到6点半，我和王才与小游汇合一处。

小游告诉我，说梁打电话来，让我就住在这双河村附近的一度假村。实际上，我们3人此时正在这度假村里。

王和小游吃了晚饭就离开了，我就在这里住下。

在这十分清静的乡村，在这空气十分清新的乡村，晚上，我睡得十分香甜。早晨近6点我醒来，只听见外面下着淅沥沥的雨，我拉开窗帘，顿即，眼前，一片雾蒙蒙的翠绿，湿漉漉的空气带着雨雾，带着翠绿的气息并向我扑鼻而来。我舒心地眯着眼睛，欣赏着眼前雾蒙蒙的翠绿，绿的胡豆，绿的蔬菜，绿的一大片树苗，以及黄了的油菜。它们此时都在雾雨中，它们此时都如醉地沉静着。

这些绿，它们又迎着雨上下颤动着，它们又迎着晨风左右摇摆着，仿佛雨和风是它们的音乐，而它们则伴着这音乐舞动着。它们又似在低吟，它们似又在私语，它们实际上是在享受着这细雨的慢慢滋润。它们看着娇柔欲滴，它们实际上很刚毅，在风与雨的轻抚下，它们昂然地挺立着，显示着它们生命的顽强与毅力，然后，向着收获而苗壮成长。

刚醒的小鸟穿飞在这一片朦胧胧的翠绿的上面，也在这一片朦胧胧的翠绿丛中自由穿飞，仿佛这一片朦胧胧的翠绿的天地也让它如此舒心。它甚至没有任何惊慌，而是放纵自己，并极力展示自己飞的姿势和美妙的姿势。偶尔还清脆地鸣叫两声。这鸣叫声仿佛在向这片绿中显示它的骄傲，在向这片天地显示它的勇敢。

这鸣叫声，在这初醒的清晨，显得是如此的清脆。以致唤醒了每户人家，打开了大门，紧接着，炊烟也在上空寥寥翩飞了。早耕的老农，此时也扛着锄头来到了地里，翻挖着已润湿的土地。

细雨仍在翩飞着，不紧不慢地，仿佛不是天气的原因下着雨，而是因为这些绿莹莹的庄稼的需要，而来慢慢地浸透着，慢慢地滋润着，让它们都健康地成长。

雨啊！你是为了这片天地所有生灵的生命么？还是为了报答辛勤耕作的所有庄稼人？还是为了这片天地长期的

生机活跃和美丽的图画永远展现在这片天地？

哦，好清新的空气！哦，好柔润的细雨！我不禁仰着头欢快地自由呼吸着。突然，我看见一朵粉红的雨伞花在楼下移动着，打雨伞的人是面向那一片翠绿的。

他也是在欣赏这清晨的如梦般的风景么？

2014 年 5 月 22 日

第二章 世间百相

五姐哥

说来我的五姐哥只是一个寻常百姓，只是一个小人物。然而，他却曾经想在他所在镇上的一个村里竞选当生产队长。

我的五姐哥我是了解的，他是一个商人，小学文化。

试想，一个商人平常脑海里就是想着找钱的事，哪会想到要为他所在的村上的人做点什么。如土地问题，如庄稼问题，如怎样使粮食增产问题，如怎样让村里人腰包鼓起来的问题，如怎样让村里人生活过得舒服的问题。我敢肯定，他是从未想过的。

每当我到他家串门时，见着他都是一心想着赚钱，想着怎样从来到他的铺面的顾客身上多赚几个钱。如有顾客在买货品嫌贵向他祈求，说你这货品价钱能不能少点，他定会赌咒发誓地告诉对方，他已经赚得很少了，几乎是没有赚钱，不信你打电话问这个生产厂家，并苦着脸告诉对方，我做这生意都是为你们方便为你们做好事，但做好事总得让我吃饭噻。他那样子，仿佛比买的人还可怜。

　　顾客见他如此这般可怜相，就只好按他要求的价格，掏了腰包，付了钱。

　　等顾客刚转身，他就满脸堆笑，说："这个货品好卖，赚也要赚3倍的钱。"

　　的确，现在五姐哥家有点钱了，说话也大声了，看人说话也不知他哪句是真，哪句是假了。对穿着体面的人和有钱有权有势的人，他的态度不一样，他会满脸笑容，热情相迎，说话小心翼翼，说出来的话也好听。对穿着普通的人，看着没有多大作为的人，他就爱理不理，说话也刻薄，仿佛要把这人踏在他脚下，来显示他比此人要高一等一般。当此人离开时，他还在此人背后狠狠地要吐一口口水在地上。他这样做的意思很明显，他就是看不惯这些弱小贫贱的人。

　　然而，突然，有天，他告诉我五姐说，他想要当这个村的生产队长。

　　我五姐听了，猛然睁大了一双眼睛，张大了一张嘴巴，看了他很久。仿佛在脑海里搜寻，这当生产队长是怎么回事，是好事，还是坏事，好处有多大。"那定是好事了，毕竟这是一个官呀！"当我五姐此时醒悟后，立马坐直身子，然后，提高声音说："不知道行不行哦？"

　　"怎么不行呢？你看电视里演那些当官的，只要你有钱，拿点钱出来收买那些村民。现在这个社会，哪个又不喜欢钱嘛，只要这些村民得了钱，他们就举手选你嘞。"五姐哥胸有成竹地说道。

　　"这个办法好是好，但要给多少出去哟！"五姐听了五姐哥的话，立马把挺直的腰板放软了下来，有些担忧地说道。

　　"哎呀，你毕竟是女人家，这当官，你不付出代价，哪里能当上呢？等我当了官，还怕捞不回来么？你看那些当了官的，哪个不是家里开着车子，房子不是几套呢？那真是要风得风，要雨得雨，要想办哪个就办哪个，要想给哪个穿小鞋就给哪个穿小鞋，多顺人的心呀！"五姐哥站在屋中央，一手叉着腰，一手高扬着，口吐唾沫地说道。

　　"那，你算一算，看要准备多少钱。"五姐又挺直了腰板对五姐哥说。

　　就这样，两人开始为竞选生产队长一事，着手准备了。

　　这是发生在去年 10 月间的事。

　　有天傍晚，五姐打电话来告诉我，说这些天五姐哥为要去竞选生产队长的事，人显得兴奋得很，说话大声武气的不说，走路也跳跃着，仿佛这个生产队长职务是一针兴奋剂，使他兴奋不已，忘乎其然。说话也不把这些人放在眼里了。

　　五姐还说，他这个 50 余岁的年龄出现这样的情景，让她感到十分担忧，这样兴奋过度，怕出什么事情，让我给她出出主意，怎样才使他冷静下来。

　　我知道五姐的担忧不是没有道理的，通常这个年龄的人，如为某件事兴奋过度，是容易导致身体某个部位出现异常的，如脑溢血什么的，很有可能。

稍懂得人体特性知识的人都知道，这个年龄的人的机能已开始在逐渐地减弱，在逐渐地消耗。如此兴奋不已，这样一个内在力量的冲击，人身体哪里经受得住哦。

据医学上说，这个年龄，做任何事情，都应该衡量自己的能力，都应该平心静气地尽量做自己力所能及的事情，做自己喜爱的事情才是。做大家都称赞的事情才是。

这样，不但做得好，周围的人舒心，自己也舒心，身体也安安稳稳的，周围的人也安安稳稳的。

如我五姐哥当前这情形，只想着自己的利益，只想着自己的好处，只想着要办某人，把某人踏在地上，不让他翻身，这心思如此复杂难以驾驭自己了，料他最后生产队长没当成，却得了什么病，那不是好事变成了坏事了么？这哪里划得来，这可是万万使不得的事情。

想到如此，我也有些担忧起来。于是，我急急地在电话里对五姐说："你作为他的妻子，你应该像哄小孩子一样对他说，不要把这生产队长当一回事，它本是一件跑腿的苦差事，是为别人服务的差事，是想办法让大家过好生活的事。你现在就轻言细语地问他几个问题，一、是不是真的喜欢队长这个差事？二、是不是真的有能力当好这个队长？三、是不是真的愿意为这个村做事，为这个村里的人跑路？四、是不是真的确定能管理好这个村？五、是不是真的能把这个村的村民团结在他周围，与他一道同甘苦？六、是不是真的能让这个村的人过上比原来的日子更好？"

当我这样对我五姐说时，电话那头的五姐沉默了。

我知道五姐是了解五姐哥的，她的沉默就是对五姐哥的否定。那么，也许就是五姐哥的沉默。那么，对五姐哥来说，就是一针静心剂了。

听电话那头没有回音，我有些后悔了，我这不是给他们头上泼冷水么？

后来听五姐说，五姐哥还是由着他个人的想法去竞选了。因为，他总认为，当官就能掌控一切，什么事就由他说了算。这个村的人都得听他的召唤，都得看他的脸色，都得奉承他，都得向他点头哈腰，都得请他去喝一杯什么的。这样，他觉得自己是如此的伟大，是如此的了不起，是如此的自在。由此，他走路也会大踏步地、昂首挺胸地、眼睛直朝天上看地走路了。

为这次竞选，他并且还毫不吝啬地掏了腰包做了手脚，但最终被另外一个经验丰富的人当选了。

五姐还说，她该听我的劝说，因为他们根本就不知道其中选举的复杂性，不知道这事成功与失败的根源到底是什么个由头。

认为我说的话是正确的，五姐哥确实没有这方面的能耐，他们不应该去玩这个没有方向没有结果的游戏。

因为农村每次换届都是在 10 月到 12 月进行，刚春节的时候，我五姐突然打电话来，说五姐哥的右手、右脚突然感到麻木了，右边嘴角也有些变形了。

也就是说，五姐哥得了轻微的脑溢血，得了半边瘫。

果真如此……！！！！！！

五姐说，把五姐哥扶到医院去的时候，问他想吃什么，问他想到哪里去耍，问他想见什么人，他一概不回答，口里只是说道："可惜我那些钱哟！""可惜我那段时间晚上的瞌睡哟！"

医生告诉五姐，说五姐哥这轻微的脑溢血是急火攻心造成的。

的确，如一个人，总是任自己的脑壳一时发热行事，总为自己所想的私利去强行拼搏周旋，不管成与不成，定会惹出一些麻烦来的。

就像我五姐哥，去竞选了，没当上，却得了脑溢血，这说明他没有正确认清当队长这一职务，到底是怎么个回事，到底是为了什么。

要我说，幸好没有当上，如当上了，他那怀着不正当的心术，那么，受苦的就不是他了，而是那个村的老百姓，那个村的老百姓说不定就会得这样病那样病受苦了。

2014 年 5 月 30 日

小女孩儿安

小女孩儿安其实我一点也不认识，安这个名字也是我胡乱为她取的。取这个名字，一方面是为了我写这篇文章的方便，一方面我是要祝她一生平安的。

说来安是我一次瞬间的偶遇，那是在去年的 3 月的时间吧，因在去年的大半年时间里，下午下班我都是走得比较晚，大概就是 7 点钟左右。

去年 3 月的一天下午，已是 7 点过，天气开始暗下来了，我在办公室收拾停当，就乘电梯下楼，到对面坐 322 班车准备回家。

322 班车是要经过临江门、解放碑的。当我坐着车，并放松心情欣赏着窗外匆忙过往的车流，人行道上匆忙行走的人们，以及人行道旁的花草树木时，心里又在想着已放学回家的女儿，此时定是孤独地一个人在家里，正伏在案桌上思考她的作业的情形，不免希望班车能开快一些，让我尽快回到家。

然而，322 这班车从上清寺绕着解放碑到南坪这条线

路，不但经过的站数多，车多，红灯区也多。原本半个小时的车程，却偏偏要开 1 个小时左右。

此时，我一面观望着窗外，一面在心里有些烦恼地催促着班车是不是能开快一些，再开快一些。

班车终于摇摆着来到了临江门。

临江门就挨着解放碑，所以时时都是很热闹的。临江门车站也是。有卖蛋糕的，有摆面食摊的，有卖水果的，还有两家火锅店。站上有人等着车。这些，我每天经过时都能看见。

因班车快要进站了就减慢了速度开着。然而在到达离站有 5 米之处，就挨着前面的车辆突然停了下来。看来是进站的班车太多，每班车都要等其它在站上的班车开走了，然后依次序排着开进站上停下。

见此情景，我心里顿又生出了一些烦闷来，不禁真真地埋怨重庆的车怎么会这么多。其他人也与我也有同样的抱怨，说来重庆修造的桥在数量上已是全国第一了，每天的车仍然要拥挤，仍然要堵塞。

心里正烦闷时，突然，因我是一直看着窗外的，在车站附近一道敞开的双铁门外，一个小女孩儿正独自一人在那里来回跑着玩耍。

这就是我取名的安。

安看上去有 4 岁上下，个子小小的，头上扎着两个一闪一闪的小羊角，圆圆的脸，圆圆的眼睛，身体健壮匀称，姿势灵活。

只见她正专心地独自在那里玩耍，旁边没有一个伙伴，手上也没有一样玩具，但她却独自玩得尽兴，仿佛她根本不需要伙伴和玩具，也能玩出各种喜爱的花样来一般。

那么，她定认为，她玩耍的那片天地，就是她亲密的伙伴，不然，她怎会如痴如醉地专一地尽情玩耍她的？

仿佛，这样玩法是她的责任，是她目前最大的喜好，她一定要玩好，不必牵扯他人，不必影响他人，不必麻烦他人，她也一定能独自玩好。玩得开心，玩得尽兴。

铁门出来左边是伸出来 1 米左右的房子，右边是伸出来大概 3 米的房子，房子旁边并有棵健壮的小树苗。

从铁门出来靠右边的房子有一近 60 度的 2 米多长的斜坡。

安刚开始就在铁门外的平地处来回跑着玩，只见她，两只短短的手臂前后甩着，两只短短的小腿欢快地跑着，头上两只小羊角也一闪一闪地飞着。那样子极认真，并极可爱，完全是旁无他人的，没有胆怯，没有顾虑，没有左顾右盼，也没有什么担忧，仿佛那片天地是她一人的乐园，而她在这属于她的乐园里则尽情玩耍着。

正这时，正跑着玩耍的安突然转身向右边的斜坡上跑去，看样子她是想一定要跑上坡去的。

然而，兴许是她的个子太小了，兴许是她用的力气不够，又兴许是她第一次跑没有任何经验。当安跑到斜坡的半途，只见她双脚站不稳而就被迫往下滑了，以至于最后慢慢滑到了平地。

安似乎不服输，她看着那斜坡再次向它跑去，可是和上次一样，刚到半途时，那双短短的小腿脚就又不由自主地往后滑下了，直到平地处。

然而，安仍并没有就此气馁，只见她把那小身子转来转去看看周围，再把眼睛看看前方的斜坡，仿佛在衡量什么一样。

突然，安向左边房子的墙走去，直到背靠在墙上。

显然，左边墙到右边斜坡的距离要远一些。她是想拉长那跑的距离吧。

此时，只见背靠在墙上的安甩开手膀子，用尽力气，一双眼睛狠命地盯着那斜坡，然后，甩开步伐，开始向那斜坡猛地冲去。

当跑到斜坡的大半路途时，安惯性地顿了一下，眼看着小身子又要往后滑去。正这时，只见安把小身子向前倾着弯下，两双小脚紧紧地踏着地上，然后趁势向那坡面上快速趁势跨上几步。

啊！真是令人惊叹呀！这个小小的人儿，这个小人儿有如此的智慧和毅力，真让人佩服呀！她居然成功了。

此时，她正站在了高高的坡平面上，两手并叉着腰，一面歇着气，一面看着坡下面的平地。仿佛在说：怎么样，这点困难难不住我，我还是跑上来了。

安此时的形象，仿佛一个胜利者站在领奖台上的形象一般，仿佛她正看着下面的人们，在展示自己的自豪。那形象，那气势，真让人为她喝彩。为她这个年龄有如此智慧和勇气喝彩。

也为她的未来喝彩。

旁边不远处的小树苗，此时被风儿吹着摇摆着，仿佛它在为这个小女孩儿的成功欢跃一般，也仿佛是因自己的健壮，将长成一棵大树而正向过往的行人宣扬着一般。

不一会儿，安放下叉着腰的一双小手，又极快地沿着斜坡跑下去到平地处，又继续她独自的玩耍游戏了。

"看来，一个人的成功，是在不停地锻炼和无数次的实践中摸索出来的。"我看着安心里感叹道。

"安也定是。"我心里说道。

班车终于离开了临江门站，然而，坐在车上的我却不停地伸出头向那小人儿处望去，再想看看那甩开手膀子，猛力向斜坡冲去的形象，心里却早已忘了车子堵塞而开的慢的烦恼。

那勇敢的形象，至今让我难以抹去。

2014 年 6 月 11 日

智障者与驾驶员

4月初的一天早晨，我乘坐322班车到上清寺盛迪亚大厦处上班。

通常情况下，乘坐公交车的乘客都知道前门上车后门下车的规矩，有特殊情况，如车里的人的确很拥挤不得已才前门下除外。

乘车的人并都遵守着这样的规矩。

然而，今天，当班车快要开到黄花园大桥车站时，只见一个个子不高，大概有1米4上下，身体有些偏瘦，脸有些凹并小，眼睛不大不小，且有点对眼，肩上斜挎着布背包的小男孩，不知什么时候已走到了班车的前门处，站定。

看样子，很显然，他是等着要从前门下车的。

"你要下车吗？到后门去下。"这时，正在开车的驾驶员扭过头来看了一眼前门的小男孩，不解地说道。

小男孩是背对着我的，此时，只见他听了驾驶员的说话后，就扭过头去嬉笑着看着驾驶员，然后，若无其事地仍坚持站在前门处。

他并没有理睬驾驶员的话，看样子，他是必须要从前门下车的。

"你是不是要下车嘛？要下车你到后门去下车。"驾驶员见小男孩无动于衷，仍赖着站在前门处，就加大了声音的音度说道。

小男孩仍做着若无其事地扭过头去，仍嬉笑着把驾驶员看着。

"我看你是要下车的，你他妈的听不懂我说的话呀？我跟你说，你要下，你就到后门去下，你要我跟你说多少遍？前门是上人的，你没有读过书？你老师没有教过你呀？"见小男孩没有任何反应，驾驶员鼓胀着脖子，瞪大着眼睛，满脸怒气地高声吼叫。

然而，没有用，小男孩仍坚持他的做法，仍站在前门处，仍是无动于衷，仍是嬉笑着看着满脸怒气的驾驶员。

的确，小男孩脸上除了只有笑的表情外，就没有其它任何要反驳和怒气的表情。

只是他的行动仿佛要告诉驾驶员，他一定要在前门下，他就要在前门下，他一定要打破前门上车后门下车的规矩。

班车到站了，看着小男孩仍嬉笑着站在前门处，驾驶员十分无奈地、百般不情愿地、愤怒地、极快地扭了开门的旋钮打开了前门的车门。

此时，小男孩慢慢地、稳稳地下着车。

从下车到脚踏到人行道这个过程，小男孩脸上仍带着

嬉笑，直到站在人行道时，才无声无息地向他要去的方向走去。

"呸！"驾驶员在关上车门当儿，狠狠地向他左边车门外吐了一口口水。

驾驶员是在解心中的恶气。

到 4 月中旬的时候，有两次我惊奇地发现，小男孩是从我所住的区域南坪上的班车。

因头次他固执的举动，给我留下了深刻的印象，所以，当这个人儿在南坪车站处出现在我的视线时，我一下子就认出他来。

当上了车，我并没有把他放在心上，就一心望着车窗外，一面欣赏窗外的情景，一面在心里评价窗外的风景。

班车又要达到黄花园车站处了，突然，我无意又看见小男孩不知什么时候，又走到前门处。

当他走到前门处时，只见他仍是嬉笑着，并不停地拿眼睛一眼一眼地看驾驶员。

"你怎么又到前门来下车了，到后门去下，听到没有？到后门去。"当驾驶员发现又是先前那个小男孩时，十分不耐烦地看了他一眼，然后大声说道。

小男孩仍是一面看着驾驶员一面嬉笑着，却并没有理会驾驶员的气恼。

"哎，上次我让你下了，这次你又来了。你要我跟你说几遍，叫你不要在前门下车，前门是上车的，后门才是下车，这点规矩都不懂嗦？你看哪个到前门下车嘛？到后门去。"驾驶员满脸怒气地给执着的小男孩讲道理说。

然而，小男孩没有半点动摇，只是仍是面带嬉笑地站在前门处，并不时地看驾驶员。

兴许驾驶员终于意识到了什么，他虽是满脸怒气，却把声音放低了一些："到后门去，到后门去，不要在前门下，怎么就听不明白呢？……"

见小男孩仍是嬉笑着看着他，到站时，驾驶员无奈地极快地把开门的旋钮扭了一下，等小男孩慢慢地、稳稳地下了车，又极快地扭了旋钮把门关了。

这是我第二次见到的情景。

而第三次时，当班车快要达到黄花园车站处，只见小男孩又来到了前门，然后嬉笑着不时地看着驾驶员。而驾驶员，此时面对嬉笑着不时看着自己的小男孩，如斗败的雄狮，服输地、怏怏地看了一眼小男孩，并什么也没有说，只是做着无趣的样子照常地看着前方开他的车。

车到站了，驾驶员一边扭头看向他左边的窗外，一边用手轻轻地扭了一下开门的旋钮。等小男孩慢慢地、稳稳地下了车，驾驶员才把头扭过来，一边看着车的前方，一边又用手轻轻地扭了一下旋钮把前门车门关上。当车门关上后，他把车外人行道的小男孩看一眼，就平心地把车往前开了。

第四次，实际上，就是在今天早晨我坐 322 班车到上清寺上班途中，当班车仍是快要达到黄花园站时，小男孩同样慢慢地向前门处走去。

当小男孩又走到前门处时，谁知道呢？此时，只见驾驶员一面开着车，一面笑着不停地看着小男孩说："你忘了没有，那天我给你介绍的小妹儿很喜欢你。"

听了这话的小男孩嬉笑着思量了半天，才仿佛反应过来说："哪天嘛？"驾驶员仍笑着说："人家小妹儿喜欢你，你却把她忘了。"

此时，车子已到站，驾驶员心平气和地扭了旋钮为小男孩开了门。

小男孩一面嬉笑着下车，一面终于说道："我晓得。"就下得车到人行道了。

只见，此时小男孩在人行道上一面走着，一面埋着头满脸开心的样子。

当然，刚才在车上驾驶员与小男孩的对话，是驾驶员对小男孩的戏谑。确切地说，是驾驶员逗弄小男孩的。

因他终于发现，小男孩并不是小男孩，且年龄也不小了，应有 20 多岁的形貌。因是他那智能的缺陷，那形象看上去就如一个还未长大，还不怎么成熟，还很单纯很天真的小男孩一般的样子。

因这个原因，驾驶员后来为他开了恩，并破例让他每次从前门下车。

2014 年 6 月 12 日

小区门口的棒棒

在我居住的小区大门口，每天都有6、7个棒棒固执地坚守着。

棒棒都是中年男子，都是健康身体，都是从农村来。

我之所以说他们"坚守"，是因为他们每天十分准时地到来和离去，从未间断过。不管是否有活儿，不管是否能找得到钱，每天，他们都会出现在小区大门口。

他们几乎一致地在早上时间7点半来，除了特大大雨外，其余是风雨无阻。然后，晚上8点半一致地离开。他们像城里人上班一样，按规定的作息时间，来和去。

我不知道这个规定是他们某个人提出来的？还是他们因时间久了，而自己形成了的惯性。

之所以称他们为棒棒，是因为他们主要靠手里的竹杠杠来为别人担抬求生计。竹杠有1米2长，是用老楠竹做成，老楠竹坚硬耐用，是棒棒们选择的原因吧。在竹杠的一端，他们穿挂着一根麻绳，实际上是两根麻绳，另一根是套在穿挂那根上的。两根麻绳都挽的十分的规矩，从这点技术

看出，才真正显示出他们是农民的本色。

如他们找的活儿是需要挑时，他们就用两根麻绳套着物件用木竹棍挑着走。如找到的活儿是只要一根麻绳时，他们就用其中一根麻绳把物件套着，用竹杠扛在肩上走。

早上我通常在8点钟出门，5分钟就到小区大门口。

而此时，小区出门的人大多也在这个时候。

还未到大门口时，远远就能看见6、7个棒棒，一只手拿着穿挂在竹杠上的麻绳，然后把竹杠背在背后站着。其形象，就如哨兵背着步枪站岗放哨般。他们并分成两行，中间留出小区的人进出的路。他们是面对面地站着的。他们这样站法，也好每个棒棒都能看清从面前走过的行人。

见此情形，我心里开玩笑道：原来小区的安全，全靠这6、7个棒棒站岗放哨。

他们其实完全可以去从军的，假如是去从军，我敢肯定，他们是最出色的军人。

我心里这样思量道。

他们这样背着棒棒笔直地站着，然后，仿佛有人喊"一、二、一"一般，一致地扭头望向人们从小区房子里出来的方向。

他们就这样一直望着，用眼睛接着每一个出来的人，尤其是注意穿着打扮得时尚的年轻女性。

他们望着刚出现的人，然后走到他们的面前，然后再从他们面前经过。

他们就这样望着。

　　当出来的人从他们身边经过离去时，他们又一致地把头扭向人们离去的方向，用眼睛送人们离去，向远方离去，直到从他们的视线里消失。

　　然后看着顿一会儿，他们才嘘嘘地收回视线，又重新扭过头去用眼睛接另外从房子里出来的人。

　　在用眼睛接当中，他们当中有的面带微笑，有的一脸木然。有的小张开嘴巴，有的紧紧闭着嘴巴。

　　他们长时间地保持先前那姿势，长时间地保持那属于他们的表情，用眼睛把人们接到他们的面前，然后看着他们转身，然后看着他们离去消失。

　　然而，他们每个人的眼睛似乎又都是同样的，雾蒙蒙的一片，或者是水汪汪的一潭。

　　因为向他们走来的人，都是面、胸、小腹、前大腿、前小腿、前脚鞋子等面对他们的。也就是说，他们在用眼睛接这些人时，这些地方都会被他们长时间地欣赏到。

　　包括走路的姿势，走路的快慢，走路跳跃的节奏，以及面部美丑，腹部的大小和凸凹，他们都能欣赏到。

　　不难想象，他们的眼睛留在最多时间的地方，那定是女人的胸脯了。可以说，时间长达直到挺着胸脯的女人从他们面前经过，然后背对着他们离去。

　　我们又来说背面，当人们从他们面前经过，然后就是背面对着他们，也就是这时人们面对他们的是后脑、后脖子、背、屁股、后大腿、后小腿、脚后跟。

　　他们刚用眼睛迎接人们并欣赏完人们的前面，紧接着

就扭过头来开始欣赏人们的背面。

在他们用眼睛送人们离去时，他们欣赏了人们走路的姿势，走路摇摆的姿势，走路屁股摆动的姿势，以及裤脚或裙子下摆的节拍。

同样，他们的眼睛留在最多时间的地方是人们的屁股。他们也知道，年轻女性走路的姿势是很美的，尤其是那肉墩墩的屁股，摇摆着不但美，也性感，也最吸引人。

兴许他们看着它们还想入非非呢，直到从他们视线消失。

难怪他们当把眼睛收回来时，嘴里都会发出"嘘嘘"的声音。实际上，有时是哀叹一声，仿佛让他们看得入迷的地方不能属于他们而感到万分惋惜一般。

同时，他们的喉咙处还"咕隆！咕隆！"地时不时地响着，最后，大概口水吞不及了，就随口把口水"哇哇"地吐在地上。以至于，造成小区大门口处，常常有一滩一滩的口痰和口水，像地图一般摆在地上。

"这些棒棒每天都在这里，用这种眼神看我们，害得我一天的心情都不好，真让人讨厌得很。"常有年轻女人会极其厌恶地说道。

小区大门口的保安很瞧不起这些棒棒，他们见棒棒如痴如醉地欣赏着进出的人们，就戏说道："你看你们那口水嘀嗒的样子，仿佛没有见过女人一般。"

"城里的女人好看些。"其中一个棒棒傻笑着回答。

"你到城里来不想着找钱，你老婆知道你成天在这里站着看女人耍，她不找你闹才怪呢。"保安半开玩笑说。

"他老婆不敢管他，如管他，他走了就是，外面漂亮妹儿多的是。"另一个棒棒也开玩笑傻笑着回答。

"你们真的以为这个社会女人不缺，就缺钱嗦？就你们那副样子，就是地球上的男人死绝了，城里女人也不会嫁你们，她们会认为嫁给你们简直是侮辱了她们的祖宗。"保安见棒棒一脸赖皮的样子，就狠命说道。

"嘿嘿……"棒棒们听了茫然地傻笑着。

然后，他们继续坚持他们的岗位。

小区从天亮到天黑，都有人进进出出，那么，从天亮到天黑，这些着迷的东西，他们随时都能看见。

当进出的人稀少了时，或者，当他们的确站累了时，就都一致地围坐在就地一处，把竹杠一致地将一头放在地上，一头抱在大腿上。然后，要么东扯一句西扯一句地闲聊，要么头碰在一起斗地主，5角、1元一回不等。

如偶有人喊"棒棒"，他们会像弹簧一样，条件反射地一面立马跳起来，一面拿眼睛左右寻望着喊的人，辨清后就争着箭一样地向喊声处飞奔去。

喊棒棒的人往往要跑在最前面的，其余未被喊到的就又返身回来，然后仍坐回原处，继续他们刚才干的事。

直到天色渐渐黑了，他们也不愿离去，仿佛他们认为一旦离去，就错过了一次找钱的活儿的机会。直到最后确定，的确没有人来喊他们了，他们才纷纷抱着，或背着，或提着竹杠，拖着拖鞋懒散地缓步向暂居屋走去。

这样就算完了一天，第二天又……

前几年重庆的人们不可惜钱，做什么都喊棒棒，有的妇女就是从农贸市场买回来的菜，也要喊棒棒帮着挑着回家，自己就打甩手跟着后面悠闲地走着。以至于使越来越多从农村进城的人，选择做棒棒这悠闲的行业。以至于使重庆城里的棒棒越来越多。

最近两年，仿佛人们都知道找钱不容易，只要不是伤筋骨，只要是自己拿得动的物品，都自己拿而不会轻易喊棒棒了。

所以，最近两年，在城里的棒棒闲着的时间比往年至少要多一倍。

即便如此，他们仍然不动摇地坚守在一处"岗位"上，看那样子，是不会轻易放弃，或不会轻易改变这行业的。

我看着他们很是着急，不知他们是如何的心理？也许他们认为，这样找钱方式恰恰是适合他们不愿动脑子、不愿付出辛勤的劳动的口味。

因为这种找钱方式是机械的，因为这种找钱方式是被动的，因为这种找钱方式虽碌碌无为，却没有任何压力，因为这种找钱方式又最是消磨时光又最是自由懒散的，因为这种找钱方式又最是轻松随意、安逸并也饱眼福。

他们即使这样找不到什么钱，在自己的女人面前也要做着理直气壮的样子。

如自己的女人是擦皮鞋的，就说："怎么，你说我，那你今天擦皮鞋找了多少钱嘛？买肉时也尽买那打半价的肉回来，害得我从来就没有吃过新鲜的肉。还有，你看你炒这个菜，还有个皮鞋油味；你说我找不到钱，我已经够辛苦了，你看我在那里一天站到晚，你以为我愿意呀？要不，你来试试。"

如自己的女人是捡垃圾的，就说："怎么，你说我，你今天又不可能说捡垃圾的人多，你今天又没有找到多少钱嚷？你看你炒的这个菜，像给猪煮的猪食一样，还有个垃圾味。我把你带到城里来这么久了，你就没有学点城里人的东西？随地吐痰不说，家里弄得也像垃圾堆一样，像狗窝一样，到处是耗子，在农村的时候不讲究，到城里来仍然不爱干净，你还有理说我这样说我那样的。"

如老家的老人打电话来问要钱，他们也有理由，说现在外面的钱不好找。老人说，既然外面的钱不好找，那就回来种庄稼吧。他们就没好气地回答，城里忙，走不了，家里庄稼你们做不了的，那就丢了让它荒着算了，反正政府会想办法解决的。

的确，近年来，国家对农民免征农业税，对种粮农民实行补贴政策，采取家电下乡、汽车下乡，实行农村低保、新型农村合作医疗制度，逐步施行九年义务教育，形成积极的就业政策体系等。另外还有诸如春运火车票价不上浮、希望工程捐款、科普惠农政策等具体措施。

国土资源部门，土地开发整理基金，基本农田整理资金，地质灾害专项资金，矿山地质环境治理保护资金等。

文化、教育部门。建设农家书屋，农村文化大院建设，

中小学危房改造，中小学设备仪器；图书馆设备及图书购置资金等。

卫生部门，农村孕产妇（及叶酸）补助；城市社区卫生补助；农村基本公共卫生补助；新农合补助资金；疾病控制专项资金；卫生监督补助；红十字会物资捐助等。

财政部门，农村住房建设及危房改造；中小企业担保；激励性转移支付资金等。

民政部门，老干部两费；城市低保金；自然灾害救助资金；军休安置补助；公共救助站；残疾人温馨安居工程；聋哑儿童启聪资金；残疾人无障碍设施改造资金等。

农业、水利、林业部门，中药材基地及研制开发资金；农村沼气建设；控防病虫害；测土配方施肥；伤残民工补助；重点河道治理；中央水利建设资金；防汛岁修资金；小型水库除险加固改造资金；抗旱补助；中小河流治理资金；林业技术推广资金；绿化造林工程资金；贫困林场扶持资金；森林生态保护资金；果品标准化生产扶持资金；绿色食品认证支持资金；水果良种繁育资金；农机购置补贴；农民专用合作社资金；重大动物疾病防疫；渔业病虫害及防治资金；渔业资源保护资金；烟草育苗扶持等。

道路交通通讯部门，国道绿化资金；桥梁建设维护资金；排供水系统改造资金；移动联通基础设施建设扶持资金等。

以上等等资金，假如都一一落实到农民头上，试想，农村哪里会有如此多的农民外出打工？在农村人的日子哪里会不好过呢？这些年轻力壮的人，怎会都离乡背井到城里用自己应有的能力求生存？正如这些年轻力壮的人，毅然离开没搞头、没意思的乡村，到城里选择当最简单的棒棒，来花那么大量时间悠闲着过日子呢？（当然，也有当棒棒十分辛勤劳作挣钱的，如各种批发市场和车站码头上的棒棒。）

　　然而，这些资金到底用到哪些地方去了呢？

2014 年 6 月 12 日

H

我承认，每个人的性格是各异的。

H 已有 60 余岁，瘦弱矮小个子，有些弯背，尖脸，小眼睛，走路跳跃着并走着极快，说话声音大而愤慨。以至于说话说到激动处，会不由地全身抖动。

跟他说话的人的心脏、肝、肺、情绪也会全部跟着他抖动。

有段时间，H 与 B 和 C 在一处房间办公。B 和 C 都是女性。

B 是个为人处事都十分坦荡的人，心里想什么又就说什么的人。

C 刚来单位不久，她瘦高身材，极瘦的脸，说话细声细气，长长的头发披着，几乎要遮住半边脸，让人看着就认为她定是个娇柔的女人。但她具体是个什么样的性格，大家暂都不了解。

就这样，3 个不同性格的人走在一起办公。

按年龄，H 最大，然后是 B，然后是 C。

当H吵着领导终于搬到B和C办公室处的第一天，B说："我们三人H年龄最大，我和C都要尊重他，但也希望H也尊重我们，并希望我们三人要搞好团结。"

B说完了，然而，H和C却都只顾埋着头没有出声。

按B的性情，和其他人在一处工作，是希望和每个人都建立有什么就说什么的关系，有福同享，有困难互相帮助的关系都笑笑呵呵的随和着相处好。

于是，只要工作空闲下来，B就要和C摆谈几句，诸如服装呀，诸如化妆品呀。俩人在闲谈中，B以为H也会加入进来说上几句自己的见解。B是希望H能很随意地和她俩说几句的。

然而H什么也没说，像没有听到B和C摆谈一样。

对于H为什么没有加入B和C在空闲时间偶尔的摆谈，B并不清楚，只是认为是不是她俩都是摆谈的关于女性方面的话题，而H不好意思加入的缘故。

于是，某个时候，B与C谈了几句天气的话题。同样，H仍未加入她俩的摆谈，仍是悄无声息地在那里想他的事情。

但他的耳朵是在尖着听她俩说话的，B完全能感觉得到，因她俩在偶尔摆谈时，B感到仿佛有一种无形的魔，在牵扯着她的思想，在干扰着她的意识，让她谈着话时显得很尴尬，显得不灵活，显得不顺畅。

到下班时，H仍是如此，他把长带子挂包挂在他那极瘦薄的肩上，然后走出他那小办公室门后，"啪"的重重

一声把门关上，也不与 B 和 C 打招呼，就埋着头跳跃着大步离去。仿佛这办公室只有他一个人一样，仿佛他与 B 和 C 完全不认识。或者说，仿佛 B 和 C 不是和他一样是人，是一个低贱的无生命的物件而已，从而他完全没有任何必要说上一句话，或者打个招呼什么的。

或者说，B 和 C 完全没有任何资格，与他这种人说一句话，他收紧他的心，缩小他的眼光，满身盛着复杂的情绪，就这样满脸皱纹耷着头跳跃着，傲慢地坚定地走出了办公室。

这样的情景，又仿佛是 B 和 C 关系要好，而单单冷落了他一般，孤立了他一般，他此时则满腹生恨，心中非常生气地独自离去。

这样不行，这样大家在一起工作心情都不会愉快，说不定因此产生误解而闹出矛盾来。这样在一起工作相互之间不说一句话，又不打招呼，无缘无故地做作气鼓鼓的，如工作中相互有个什么合作的事情，定是没办法进行的。这有何意义呢，相互之间在一处工作，连招呼都不愿打，话也不愿意说一句，这个样子能制造出什么来呢？这个样子是个什么意思呢？相互之间又从未闹个矛盾，上辈人相互之间又没有什么怨恨，何况又都不认识，怎么就做着这样莫名其妙的情绪呢？做作如此仇恨呢？这样在一处相处哪里行？

这哪里是人之间相处在一处呢？这简直就是妖怪与人相处在一处！

B心里忧虑地思量。

"这其中到底是什么原因呢?"B在心里问道。

一天,H把C喊到他的办公桌旁,说帮他看看电脑,有个文件不知如何发出去。然后,两人就在一处嘘嘘地小声摆谈着。

第二天仍然是H把C喊到他的办公桌旁,两人仍然坐在一处摆谈一时。后来,慢慢地是H主动到C处摆谈,两人摆着就是半天,一会儿小声,一会儿高声。而H则总抱着双手,一会儿用一只脚不停地蹬着地面,全身抖动着,一会儿是双脚突然猛踏地面几下,全身也猛烈地抖动着,嘴不停地上下扯着说着,眼睛不停地乱翻着看着。两人摆谈的投入,全然不顾工作和空闲时间了。如见B上来要加入摆谈,H就立马起身,跳跃着身子要么到外面厕所去一趟,要么到他办公处去大声打电话。

此情景,就如当年国民党特务见了共产党走来,就立马闪开一处,或者躲到一处,等共产党走了,他又出来鬼头鬼脑的和同伴交头接耳一般。

H的反常让B摸不着头脑,半天也想不明白。而C又突然往H一边倒对B不理不睬,更是让B摸不着头脑。

在以前,B曾听人说,H是个见了"大人"就叩头,见了"穷人"就乱棍,见两个好朋友就插一脚,见了场合就高声吼的"小丑",是一个总自以为是的小人,是一个专爱在背后说小话的"分裂家"。

对于这些说法,B并没有放在心上,认为人嘛,总有

优点和缺点，而对于别人的缺点，用不着计较，那只不过是他的缺点而已。B这样想道。

对于C是什么来头，B并不清楚，而H兴许也不清楚。

但从H现在的反常现象来看，H好像已经清楚了。B心里思量。

有天早上，B提前到了办公室，未到办公室之前，B心里想，H和C不会这么早就到吧。

可谁知，等B还未跨进办公室，早听见H在办公室说话的声音，那声音听着有些激动并有些愤慨。B在外面只听到一两句H说的话："有好几个人合谋都想把B踢出单位，她只是一般的人，家里什么背景也没得，她在那里闲着把位置占着，领导又不过问这种人，现在领导都重视家里有背景的人……，她这个人……你没有听小圈子里的人说呀，我们不但要疏远她，还要统一口径，诽谤她，我们要制造一些舆论，说她怎样怎样，这样，让她知难而退，离开这里。我今天给你说了，你以后就不要和她做作亲热了。"

B跨进办公室见H和C正在激烈摆谈，心里有些出乎意料。而H见B跨进办公室，又立马弹簧似的站起身跳跃着快速地进他办公，然后"啪"的一声重重地把门关上，就闭门不出了。

"早。"对于H与C的摆谈，B装着没听见，仍然面带微笑地与C打着招呼。

然而，C却并没有理睬B。

见C如此态度，B心里觉得好笑，心想，大家不是在一起来工作的么？又不问你要钱，又不在你家里吃饭，互相又不欠谁的，何况都是为社会服务，何必呢？哼，随你的便吧，我是我，我才不为你那些芝麻事烦恼呢，你要去费心就去费心好了，你要去搬弄是非你就去搬弄是非好了，你要去说东道西你就去说东道西好了，你要把人与人、人与社会之间的关系弄复杂，你就去弄复杂吧！我不予理会。只要不当面提我的名字，只要是不毁我的生命。

B这样想着时，觉得H和C既像两个小丑，又像两个国民党时期的特务，一副神神秘秘的、鬼鬼祟祟的、阴阳怪气的嘴脸。看着心里为单位担忧，为这个社会担忧。

B告诫自己绝不要与他们计较，你和他们计较了，他们正好抓住把柄，趁机攻击你，又在单位兴风作浪，让你哭笑不得。于是，B仍面带着微笑与C与H打招呼。

有天B听说电信局的说要到办公室来安空调，时间并定在礼拜天。礼拜天H和C都不会来的，B说，没关系，你们在家休息，到时我到办公室来守着就行。

果真，那天B一直守着电信局的把办公室的空调安好，直到工作人员离开，而自己把办公室一地的渣滓打扫干净后才离开。

等礼拜一上班时，B把两个遥控板分别给了H和C，两人接了没说一句感谢话，只把空调板接过去，然后开着享受。

后来B发现C下班时未关空调，第二天时就半开玩笑地笑着对C说："虽然这是公家的东西，我们仍然要节约

着用才是。"

哪知，C斜着眼睛把B看了一眼，然后满脸气愤地说："你要挣表现了，你要当官了，你要当……你思想这么好，是做给哪个人看嘛？我关不关空调，关你什么事呢？你真是管得宽。"

B见C对她胡乱地说一通，真有些怀疑C脑壳是不是哪里短了路了。

B认为有必要和C争执几句。虽然，B是轻言细语，然而，C的声音越说越大，B说一句她就要吼上10句。

因H上午没到办公室，当H下午到了办公室时就"啪"地关了门。B想把上午和C发生不愉快的事给H讲讲，心想让H从中来调和。然而，B错了，当B到H门前叩门时，只见H小心翼翼地把门打开了一条缝，然后弯着背，歪着头伸出来。那样子，好像是贼遇着了抓贼的一样，鬼鬼祟祟的怕极了。见是B站在门口，就立马条件反射地把头缩回去，重新把门"啪"的一声重重关上。

见此情景，B很想把门一脚踹开，但立马想道，何苦呢，有多大一回事呢？他都是这样的态度了，他这样的性情能放得出一个怎样的香屁来。

后来B发现H和C越发的放肆，两人在上班时间用大半天来嘻嘻哈哈地摆谈，全然不顾B的感受。B告诫自己，决不能生气，一旦自己生气，他们就达到目的了。他们实际上就是需要B生气，然后，两人好合着到领导那里去胡言乱语一通，给单位的其他人乱宣传一通，说自己的不是。

这不就会"小不忍则乱大谋"吗？

何况，他们毕竟是两人，而自己毕竟是一个人，大多情况下，领导解决问题都是按多数人的说法来判定问题解决问题。从不花时间来实际调查研究，然后来做出正确评判。

B这样想时，于是，就面带微笑地走到两人面前说："摆累没有，走，吃饭了。"

B这样面带微笑地一面招呼两人，一面大踏步地各自去吃饭了。

B心里清楚，这两个臭味相投的人已经胶着在一起了。B想试着使点坏心眼，但后来又想，我是来工作的，如把心思没完没了地花在这些地方，自己拿工薪吃饭的人，一方面心里内疚，对不起工资，一方面心里也并不愉快，说不定，晚上还睡不着觉，从而影响身体健康呢。

"没必要。"B心里说道，"任由他们去吧！毕竟，爹娘不一样，受的教育不一样。"B又对自己说。

"难怪这H和C的身体都是如此的瘦薄，如干柴棍一般，眼看着大风一吹就会倒下。"当想到H和C的形象时，B面前立马就显出两人瘦薄的身影来。

于是，B独自摇了摇头：罢，罢，随他俩去吧，现在是新时代，不是国民党时期，不是乌烟瘴气年代。

何况，现在这个社会的主流，是和谐相处，是真共产党在领导着。

2014年6月17日

放屁者

放屁原本是人的正常生理反应，人们通常当感觉体内有股气要排出时，就让它由着势子顺畅地从体内排放出来就是。

不然……

所以人们都不必顾虑什么，不必觉得不好意思，可以肆无忌惮地在任何场所履行这件事情。

不然……

某君是一个行业的小官员，兴许是身体有些肥胖，听说，大凡肥胖的人，屁多，而此君的确也是屁多。当然，这样说他是有根据的，因每次碰上他，总能听见他屁股处"咕咕"的响个不停。

一次开会，此君在讲台上坐着讲话，他说现在正遇上大好时光，他要让他的每个下属，和他在一起工作都感到快乐并幸福；他要让每个下属都感到自己是主人翁，并都能享受到社会主义带来的甜蜜果实。决不分派别，决不分等级，决不分对领导态度的好坏。

此君就按这样的话往下说着。

"真是岂有此理，这人怎么这样脸皮厚，平常他是怎样对我们的，有好处时，只有那么几个人享受；哪里有好吃好喝时，也是那几个人悄悄去享受；上面有好的政策下来时，也是那几个首先知道，还告诉他们，不要说出去，不要走漏风声，以防其他未受用的人知道。单位过年过节领礼品时，也要分等级。连我们用的餐巾纸也是有等级的。对于我们这些没有什么背景的人，他不理不睬，他做这些时间的领导，从未主动给我们打个电话，也从未到我们办公室来走动问候过。从未尽到领导看望下属问候下属的'礼贤'最基本的规矩，仿佛根本不懂得怎样和下属交际。假如我们不去找他，我们就很难见到他的，他就坐在那里，只等下属去'拜见'他，或者，只和他要办的事情的相关人联系。他简直就是让我们这些没有油水可捞的下属自生自灭。他这种人当我们的领导，简直是岂有此理。简直就是我们的悲哀。他在这里昧着良心这样说，简直就是说的屁话一通。"

此君刚一讲话，台下就有悄悄地愤然议论声。

兴许是此君发现了台下有异常情形，并见议论的人满脸的愤然，就有些心虚地满脸涨红。"咕……咕咕……咕"，正此时，从此君身上发出了断断续续的声音。

这声音是从此君屁股处发出来的，原来他又在放屁。

台上挨着他坐的人和坐在会场前面的人，都不约而同地听见了从此君屁股发出的声音，都不约而同地拿眼睛把

此君极认真地看着，仿佛是要欣赏他打屁时的态势。同时都不约而同地屏住了呼吸，目的是避免那难闻的沼气般的腐臭气味，浸人自己的鼻孔里，然后进人自己的肺里。

此君是极聪明的，他是感觉到了这十分尴尬的情形，于是就越发地心里紧张。

为了避免自己屁股在这非常时刻，又发出声音，此君把坐着的身子调整了一下，然后把自己肥胖的身子往下压，意思是想把要放出来的屁压住，不让它放出来。

正极认真看着他的人，心里是清楚此君是要把那屁压住，不让它再打出来的。

"我所有的下属，我都必须这样公平对待，假如我不公平的对待，试想，就会，有的人过得幸福和得意，有的人就过得难受和委屈了。我不希望看到这样的事情在我面前发生。假如在我的下属中，有人过得难受了，那会有人在背后说我，说我是个能力有限的人，说我只能让那么几个人过得好。这对我来说，是多么的悲哀呀！我堂堂一个人，就那么点能耐吗？思想境界就那么点高度吗？做人的意识就那么浅薄吗？我的心就长的那么小吗？我的智慧就只有那么不尽人意吗？这么几个人都管不好，你看国家领导人，我们中国 13 亿之多人口，都能管得好。我也是堂堂的一个人，我总觉得我的智商并不比他们要低，这么几个人，难道我就管不好了么？笑话，怎么会出现只让那几个人过得好，另外几个人过得不好？不，不会，我决不会让这样的事发生，我也绝不止那点能耐……"

"你听，他说的好像是真的一样，面不变色，心不跳。别人听了，还以为的确是我们做下属的不是，还以为我们做下属为人处世糟糕。你看他说的和做的，完全是两个人呀！这些，到底谁相信呢？然而，就是这样的人，他却是当我们的领导了呀！我们中国就是这样，有的人总把有能力的人践踏着，压着，让投机者趁机出人头地。难怪官场上，出现乱象也不见怪了。大胸脯的女人，什么能力都没有，却当了全国人大委员。老公有背景的，妻子在单位把一般学历改成大学学历后直线上升。不仅如此，还在单位拉帮结派明里暗里破坏他人名誉和形象。我知道，我们中国，这改革之路的大方向是正确的，中央的政策都是在为着老百姓的利益在制定，但实际当中，地方一些乱象依然丛生。所以，从这些乱象的存在，我看这改革之路任重道远。就拿此君来看……"

"领导向大家喊话，说话，是不用任何资本的投资，只要他说得出，好话、大话、讲道理的话，他与你说几大筐都行。可是，真正让他这样去行动，那得付出精力，付出劳力，付出智慧，还得花销资金。这几大付出，都得要投资呀！试想，不是真心要为社会、为别人干事解决实际事的人，容易做到吗？愿意去做吗？所以，有的只是说说而已，喊喊口号而已。也就是如此君一样，说的是一套，行为又是另外一套了。"

"他这种人当官有点累，又想当官，又不知道怎样当官，如看这个职工不顺眼，就心里思量定要用另一套内部

政策来对待他。像没文化的村妇，心胸狭隘地来独自任性地解决问题，最后，搞得单位人心一团糟，七爷子八条心的。他这种人来当领导这样来做法，大家也跟着他受累不说，工作起来心里憋着十分不愉快。真是罪过！罪过！真是折大家的寿！"

"他这种人爱使性子，爱由着自己的性格来行事，就如一个还没有长大的小孩子，完全不知道，这是工作，这是整个单位全局利益的事情。又爱听小人谗言，又喜欢小人拍他的马屁。试想，这样的一个人来做我们的领导，我们的前途会有什么起色呢？我们的命运会有什么福音呢？简直就是一个灾星。"

台下的听了此君的一席话，又在台下摇着头议论开来。

不知怎么的，当此君说道"难受"两字时，自己真的就一脸的难受相，仿佛他身上的某个器官，没有得到很好的发挥，受到了他的压迫，而那强大的反力在他体内强烈地攻击着他体内的每一处，搅动着他体内的每一处一样。而在他胃里的那些食物也在混着乱翻腾。尤其是看到会场下，有的人跃跃欲试地想站起身吐他的口水时，他的肠子，仿佛变大了，仿佛要爆炸一般难受至极。

事情的确有些严重了，只见此君脸色有些发紫了。

极认真看着他的人，见此情形，都为他捏把汗。心想，不就是放屁么，何苦要把自己弄得如此窘态？搞不好，会出人命的。哎！现在有好多人又不放屁呢？只是不知你那肚子到底装些什么，放的屁要比别人臭无数倍。

"我的话讲完了，下面请张三来补充。"此君草草地讲完，就把麦克风推到旁边张三的面前。

此君草草地把面前的讲话稿收拾成一叠，然后把身子歪向旁边的张三，"咕……"，捂着张三的耳朵说话，"咕咕……"，然后，极快地站起身，"咕……咕咕……咕……"，然后，带着这些声音匆忙离开讲话台。

此君在离开讲话台前的一系列动作中，全会场上的人都十分专注地看着他，因为，他每做一个动作，从他的屁股处就会发出不同节奏的声音。并且，每发出一次声音，此君的身子就会缩小一圈，每发出一次声音，此君的身子就会缩小一圈。

"原来灌满他肠子的废气，已慢慢地放些出来了，所以，他那身子才一圈一圈地在缩小。他本身个子也不高，那身子一圈一圈地缩小，看着就是一个小人儿了。"坐在前面的人看着此君离去的背影哀叹道。

"啪！啪！……"望着此君离去的背影，会场上顿即响起了响亮的欢送的掌声。

人们都松了一口气说着："下去了，终于下去了！！终于得到解脱了。"

2014 年 7 月 3 日

电脑旁的梦与诗

在盛迪亚 29 楼 19 号，这是我当前的办公处，此时，我正在办公室里。

窗外，几只鸟儿叽叽喳喳地在鸣叫，在自由飞翔，在为有如此广阔的天空欢唱。

现在正是中午时分，我在办公室里，捧着一个文友送给我的散文集坐在沙发上阅读。

在我对面办公桌的电脑旁，诗人梁上泉梁老，却正用放大镜对着看着，正极认真地校对他那即将出版的《梁上泉诗文选》中的文章。

是的，梁老在极专心地校对他的文章，而我则静静地坐在对面阅读手中的书。

二月的天气，虽然外面有阳光照着，可冬的寒气还未褪去，以至于我办公室里须要开着暖气来驱寒。

办公室里十分安静，当然，也十分暖和。

我坐在沙发上看书，偶尔，也要抬头看看电脑旁的梁老。

梁老已是八十有余，他的身体胖胖，他的脸圆圆。是的，他的身体也健康，四肢完好无损。仿佛与年轻人没什么多大区别。只是，他那头发却已满头银白，如白雪一般堆着；此时，从窗外照进的阳光，正映在窗旁的梁老那堆在他头上的白发上，使得那白发显得丝丝闪烁，白银透亮。这才显示出此人已是老人。

他鼻梁上那副老花眼镜，也显出了他当前的视力与以往相比，是发生了变化的。

在之前，我是想象不出一个老人、一个老作家坐在电脑前会是什么样的形象。而现在，眼前这个老人，正坐在电脑旁，在为他喜爱的事情工作着。

只见他，左手举着放大镜，右手稳稳地指着桌上的打印稿上的文字，一会儿抬头极专心地对着电脑看，一会儿又埋头极仔细地对着桌上的打印稿上的文字看。

在这当儿，他的右手同时还要去滑动那鼠标，来翻滚那电脑上的文章的下一页。

当他确认电脑上的某一处有误时，他就会拿着笔，极小心地在打印稿上做上记号，或立马修改。

他在修改或做记号时，会使用三种不同颜色的笔，红色的笔、铅笔和钢笔。但大多时候用的是铅笔。当我得知他用红色的笔，是说明了他有疑惑，但现时还拿不准；用铅笔，是他确定了要修改的；用钢笔，是他要删掉的，我心里无不敬佩他对文学真挚的追求和对感情的倾诉的严谨，以及责任。

兴许是中午了的缘故，我感觉有些倦了，想睡一会儿

觉。但当我想到这本书，今天必须要大致看完时，就强打着精神来继续阅读。

我知道，在这般状态阅读，实在有些勉强，实在有些不太认真，实在有些心不在焉的。

办公室里很安静，而这时窗外的小鸟似乎也停止了叽叽喳喳的鸣叫声。

坐在沙发上的我感觉着实有些支撑不住了，就半梦半醒地，时而看书，时而抬头要看电脑前的老人一眼。

朦朦胧胧中，我想道，"这位老人不是有中午睡觉的习惯吗？这时却坐在那里埋头仍如痴如醉地做他的事情。"

当我似睡非睡地，抬头看着眼前埋着头，似乎在极专心地看着打印稿的老人时，心里为之一振，倦意也顿即全无。

一时间，我并就这样看着，眼睛也未移开，我开始欣赏他了。

突然，我似乎发现了什么，并开始努力地睁大眼睛，并开始辨别我心中的疑问的结论。

怎么，他举着的放大镜没有一举一放了？他的右手也没有前后移动，没有握那鼠标滑动了？他也没有做出对那打印稿翻过来又翻过去的举动了？他的头也一直埋着却没有抬头看电脑了？

啊！他……原来他深埋着头的眼睛是闭着的。

真是闭着的吗？哦，好像的确是闭着的。

我仔细地看他，再仔细地看他。

此时，只见他埋着的头向左微微偏了一下，然后突然弹回，又微微向趴在桌子上的手慢慢埋下去。奇怪的是，当那头快要接触到趴在桌子上的手时，他的头就立即弹簧似的又弹回到原来埋着头看稿子的样子。

"他那头埋着摇来晃去的，真像在作诗或吟诗呀！"我看着心里惊诧道。

"他有可能在作诗：'天生我材无大用／方躲场场浩劫风／今为游人开亮眼／自染秋叶满山红。'（《枫树自嘲》作者梁上泉）"

"他有可能在吟诗：'瀑布之乡飞万泉／泉悬高树水潺潺／人生何处最舒爽／痛快淋漓在此间。'（《林泉》作者梁上泉）"

他真是如痴如醉，如醉如痴啊！

兴许我被他那迷醉的神态感染了，不禁也在心里自吟道："老翁头顶一堆雪，满腹诗经论平仄；闭目宁神梦唐人，摇头晃脑宋词阕。"

原来他是倦了瞌睡了，是睡在梦与诗的行间里了。

见这般情景，我不禁轻轻地笑了一下。

于是，我重又埋头看书，并轻轻地翻着，轻轻地……生怕惊扰了他的梦和他在梦中的诗意。

不一会儿，窗外的几只鸟儿又开始叽叽喳喳地叫着鸣着，又开始自由飞翔了。梁老又举着他那放大镜，也开始翻来翻去地看他面前的文章了。

2013 年 2 月 3 日

早　产

　　大概是在今年 7 月份的时候，一个周末的傍晚 7 点钟时刻，我和我的女儿调电视频道时，偶然调到中央 7 台。

　　说实在的，我们平常极少看这个台。这个台是农村频道，都是讲农村的事情，女儿没有兴趣。

　　这天这个时刻，这个台正播"相人才"的节目，实际上是相"合作人"的节目。也就是这个栏目邀请几个想发展自己事情的年轻人，然后由这个栏目和一个参加这个节目的企业老总，来出几道相关的难题，看几个年轻人在解决这几个难题的过程中，采用何种方法，尽快地有效地来完成。最后根据表现最佳者，来被老总确定为他的扶持者，或者合伙人。

　　我们发现，他们出的考题都是生活中常遇到的事情。

　　其中有一个难题是，把关在木竹圈子里的鸡的数量蒙着眼睛按时算出来，尽量接近准确数字。

　　这圈子里的鸡有几十上百个，如一个一个的数是不可能的，并且还限制了时间。

这次参加这个节目的有 3 个年轻人。

活动开始了，主持人吩咐工作人员把考生的眼睛蒙上，然后考生拿着一根他自己选的长短的竹竿，摸着方向进了鸡圈。

前面两个一男一女分别用了不长的时间，用竹竿在鸡圈里一阵比划后，就告诉主持人，说自己知道多少只鸡了。

当最后一个年轻人拿着短竹竿，蒙上眼睛摸着走进鸡圈子时，鸡们一阵惊慌失措乱飞着"咯咯！"地叫个不停当儿，只见他不慌不忙地，一手握着竹竿，一手在前摸着用脚走着丈量了鸡圈里的长宽，然后先在长方向，横着竹竿摸着把鸡从这头赶到那头。

这时，鸡圈里的鸡们更是惊慌失措了，兴许它们不知道发生了什么？怎么会有人如此来折腾它们，它们是不是有什么生命危险。等。所以，它们更加的在圈里乱飞着，乱跳着。"咯咯咯咯"地乱叫不停。

此时，只见这个年轻人又在短方向，横着竹竿摸着赶着鸡从这头赶到那头。

哪知鸡圈里的公鸡母鸡们并不知道他要做什么，只见自己一会儿被从这个方向赶着向另外的方向走，一会儿又被赶着从那个方向赶着向另外的方向走。

被折腾的鸡们个个惊慌失措，更加地"咯咯……"地叫个不停。有的扑着跳着想往外面飞出去，可鸡圈太高，跳跃了一下，又坚持跳跃两下、三下，仍是无法飞出去。有的不住地一阵乱飞着，从这个地方飞到那个地方，又从

那个地方飞到这个地方，躲避着这个奇怪的人的折腾。

圈里的人蒙着眼睛，像在捉迷藏一样只顾做他的动作。捏紧横杆，一会儿蹲着摸着向前走，一会儿半蹲着摸着向前走。

栏目上显示，这个考生是个博士生。

已经过一些时间了，这个博士生仍在鸡圈里来回地横着竹竿赶着，仿佛他又是在继续丈量圈的尺寸一般。

当经过了4次来回赶鸡的折腾后，博士生终于停了下来。

见博士生终于停了下来，在一旁看得目瞪口呆的女主持人走过去问他："你刚才怎么这样折腾法？这样来数鸡的数量？"

"我这是用的勾股定理法"博士生喘着粗气回答。

"你数清楚了？"女主持人问。

"我数清楚了"博士生一面揭开蒙着眼睛的布块，一面恍恍惚惚地回答。

原来他已是在鸡圈里转昏了的。

女主持人问博士生，鸡的数量是多少，博士生回答了他心中的答案。

"我想问你一下，你怎么横着竹竿一会儿往长方向赶着鸡走？一会儿横着竹竿往短方向赶着鸡走？这样，你确定真的能数清楚吗？"女主持人不解地再次惊奇地问博士生。

"哦，根据勾股定理，来计算圈子的尺寸，然后得出鸡的数量，这样算法比较准些。"博士生回答。

"啊！你不愧是博士生，连数鸡也要用你学的数学来计算，你真是活学活用呀。"女主持人无不佩服地称赞博士生道。

博士生听了女主持人的赞叹，有些不好意思地埋下了头。

"啊！你们快来看，鸡圈里有只鸡生了蛋。"只见栏目的一个工作人员，手里拿着一个鸡蛋，突然高喊着欢快地从鸡圈里飞跑出来。

"啊！果真有只鸡生了蛋，可我们这些鸡通常是在明早上时才生蛋的，现在是傍晚时分，却把蛋提前时间生出来了，提前早产了。"男主持人接过蛋，十分惊讶地说道。

"看来这只鸡，被这博士生赶着来回地走着，被惊吓得早产了。"在一旁的企业老总无不幽默地笑着说了一句。

"哈！哈！怎么会是这样？"我与小玉同时大笑着说道。

"小玉，你猜这个老总会选谁？"我大笑着问女儿。

"当然是选第二个呀，我觉得第二个表现得好些。"女儿蛮有把握地回答。

"我也认为是第二个，不过，第三个更有可能，因为他创造了奇迹。"我仍笑着对女儿说。

"现在我们来问问这个老总，他最终会选谁呢？"这时，女主持人拿着话筒大声说道。

我和女儿正期待这个老总最终的选择时，然而，却广

告插播，让我们又得吊着胃口等一阵。

"我的最终选择是……博士生。"节目又开始了，只见老总对着电视观众大声宣布道。

"怎么会选博士生，我不敢相信。"女儿睁大眼睛说。

"选他一点都不奇怪，你看他不是把一只鸡的蛋都弄早产了么？那个早产的蛋就说明了他与其他人不一般，就说明了他的功力，使寻常的事情变为了不寻常，使不可能的事情变为了可能，这人真是个奇才。"我大声笑着对女儿说。

"鸡早产蛋本身就是个奇迹，也引起了人们的注意，哈！哈！看来是那个早产的蛋给那博士生带来了好运，这又是个奇迹！"女儿醒悟过来后，惊叹道。

这件事，使我至今想着它，都还十分的惊叹不已。

2014 年 11 月 17 日

新时代的老乞丐

在今年9月和10月份的时候，实际上，还有11月份时期，我每从三峡博物馆，到上清寺转盘消防大队这条线路，在上班时间经过时，时不时地要看到一个年岁在70上下的老翁，在路旁端端正正地坐在一张小凳子上，见行人从他面前经过时，就伸手向行人乞讨。

老翁个子娇小瘦弱，因正是寒冷季节，他上身穿一件厚的、红黑相间的羽绒衣服。兴许是太瘦弱，兴许是羽绒衣服宽松了一些，在他的腰间系上了一根绳索。他下面则穿的是蓝色厚裤。脚上穿一双黄色皮鞋，黄色皮鞋没有系绳带而向两边翻搭着，里面显出，他的脚上是套的一双干净的白色袜子。

老翁的头发花白，但一张瘦削的脸却是干净的，并没有一丝皱纹。

一双没有犹豫，却是调皮的眼睛，很随意很自然地含着笑意看着行人。面部显的安然也慈祥的样子。

我第一次见到他时，他那形象，他那要钱的理所当然，

顿即折服了我。

他的这样乞讨法，我甚至觉得他很直率，就像一个天真的小孩子一般，他仿佛不是在向行人乞讨，他仿佛是在向大人问要他想要的东西。

他与其他的乞讨者不一样，需要什么包装，如假扮成老人病重了，没钱来医治，而把病重了的老人抬到行人过往的地方，横躺着，自己披麻戴孝地跪在横躺着的老人面前，向行人乞讨。

或者如在地上铺上一张写满悲惨字的纸张，然后，跪在地上，向行人乞讨。

又如把身上拨弄得残疾斑斑，故意在地上趴着爬着，来博得行人的同情，来乞讨。

等等。

说实在的，往往这样的人无法博得行人的同情，相反，还让人恶心。

对于老翁的这种乞讨方式，于是，我毫不含糊地拉开了我的手提包，拿出了一张 10 元的钱，把他看了一眼，就恭敬地把钱递给了他。然后，点了两下头，没有说一句话就离开。

我知道，我的包里也不咋样，只不过想着给他这点钱，我想影响不了我的根本生活。何况只是偶尔的。何况又是我乐意的。何况他在向我乞讨，说明我看着比他要过得好。

就这样，往后遇着他时，我时而给他 5 元钱，我时而给他两元钱，我时而把我手中还未吃的两个正冒着热气的包子和一袋豆浆递给他。

有天，我又遇着他时，笑着问他："您真的确是要靠乞讨来维持生活吗？您确是家里没有一个依靠的人吗？您如真的遇着了困难，没有想过要去找政府吗？"

没想到啊，老翁竟也面带着微笑地对我说："我孤身一人，我连身份证也没有，我没有房子住，我每天晚上，一会儿在这座立交桥下过夜，一会儿到那座立交桥下过夜。我没有结过婚。我曾经去找过政府……"

老翁顿了一会儿，在这当儿，他收敛了笑容，然后，一边摆手，一边摇头，说："我去找了的，政府的人倒是很热心，他们问我很仔细，问的也很高明。但他们一旦见我答不上来，就用异样的眼光看着我。他们这样看着我，我心里越发的惊慌，就更说不清楚了。于是，他们就打电话，叫我去找另外的人，说这事不是他们具体在管。我再到别处去，找另外的人问问，也是热心地问这样问那样，一旦见我答不上来，就又打电话，然后，同样叫我去找另外的人，说是这事不该他们管，叫我去找具体分管的人……"

老翁说："我倒是按他们给我指的地方去找了要找的人，可是最后，要找的人没有找到，我人也走累了，更没有了力气，也更不清楚到底该找谁，只好作罢。"

老翁又说："后来，我又去找了我第一次找的人，他们见了我，像见了瘟神一样，连吓带骂地把我一阵往外哄。你说……我不如还是到外面来乞讨，既简单，又心安理得些，有人给我就要，没人给就算了。"

我说："我还是认为您没有找对人，您应该下一番功夫，去找对人，去找面善的人，找说知心话的人，找懂行的人，找懂人的人，也就是找真人，说不定就把您的后顾之忧就解决了。您毕竟是这样的年纪了。"

老翁没有说什么，只是面带着笑容。

我突然又无不惊奇地问他："您说您每天在立交桥下过夜，怎么您的脸看着是白净的？您脚上穿着的白色袜子也是干净的？您不会因懒惰而被赶出来乞讨吧？"

老翁连连摆手，有些不好意思说："怎么会，你看我像那种人吗？乞讨是一件多么令人丢脸的事情呀！我真是迫不得已的。"

老翁在说这句话时，我再次上下打量了他一番。的确，单看他那干净的脸和白净的袜子，就对他的乞讨有什么疑问，这样做是否太草率了。实际上，他那腰上系着的一根绳索，和脚上穿着向两边翻搭着的大号黄色皮鞋，就能断定，老翁过的正如他所说的，的确不尽人意。

最后我说："您不如跟我走一趟，我带您到学田湾街道办去询问一下，您就把您的实际情况说给他们听，您不用紧张，您就实事求是地告诉他们，把您的难处说出来。您告诉他们，您愿意靠你自己的双手，做一点小买卖，然后，尽自己最大的能力，不说为社会作出贡献，就是养活自己嘛。"

我又接着说道："您看现在这个社会，只要您付出劳动了，吃饭就不成问题。您这个年纪，其实还可以再干上几年的。"

老翁摆着手说:"我不跟你去,你如果真心要帮我,你不如去把他们叫来,我就在这里等他们。"

好大的口气,别人帮他,他却要摆着臭架子,让别人把要帮助他的人请来帮他解决问题。

兴许是他已经厌烦去找这些人了吧,或者说,兴许他是不再相信一些人了吧,或者说,他已经害怕去找这些人了吧。所以才希望那些人来找他,这样,可能更贴切一些。我后来这样想道。

"您这不是在为难我么,我哪里有这个本事,把这些人请出来,我带您去都是抱着试一试的心里。但我敢肯定得行,只要您的困难是真实的,您是真心诚意的。"我真诚地并有些生气地对他说。

"不如您再仔细想一下,等我下次碰到您时,您就跟我一起去。"我笑着对他说完,就离开了。

后来,偶尔又在办公楼下碰到他正从一个方向走来,看见是我,他会站在我面前,面带微笑地叫我一声"妹子"。我见是他,就不由地拉开包的拉链,给他 10 元钱,或者 20 元钱。

他接了钱,对我笑一笑,一句话也不说,就弯着腰往前走了。

2014 年 12 月 26 日　阴天

夜半苍声

通常情况下，我躺下床，就会一觉睡到天亮的，极少从半夜醒来，或者说，极少在半夜时，被什么东西惊醒。

可，今天，到半夜，我正在如痴如醉地、仔细地做梦。

梦中，我正在为一种声音感到奇怪，这声音惊吓着我，并让我感觉有些恐惧，使我挣扎着猛然从梦中醒来。

奇怪，从梦中醒来的我，仍然听着梦里的声音，仿佛我仍在梦里一般。

"哇！……哇！……"

"呜！……呜！……。"

一声接一声，声声撕裂，声声凄凉。这样的声音并拖得长长的。

紧接着又是一阵另外的声音夹杂着。

"喔！……喔！……"

"哦！……哦！……"

又是一声接一声，声声怒吼，声声不平。这声音并也拖得长长的。

这些声音浸入我耳朵里，振荡着我的耳朵，也振荡着我的心脏。我不得不开始闭着呼吸。

我很快分别出来，前者的声音，是猫叫声。

我所住的小区，我知道有好几家人家都喂有猫，每到一个时间，小区里的猫会在夜晚9、10点时间撕心地怪叫着，像受尽了天大的委屈，沧桑地凄楚地拖着长长的声音嘶叫着。又像婴儿受了极大的委屈时哭叫的声音。"哇！……哇！……""呜！……呜！……"地，叫着让人惊恐。

不过，这声音，我们都已习惯，都习以为常，而不觉为怪了。

至于后者的声音，我分别出，是风吹的声音，是狂风一般吹的声音。

可是，我有些惊奇，根据我们重庆的地形地貌，是不应该吹出如此声势的风声的。我曾到过新疆的喀什，新疆毕竟是戈壁，是宽广的平原，远远的四周是高高的山脉，又是人烟不很密集的地方。到晚上时，总有风从山缝隙处吹进来。风因是从山缝隙吹进来的，听到的风声自然就是"喔！……喔！……""哦！……哦！……"的声音，如万重风浪怒吼般了，一浪紧一浪，声势之浩大，让人心惊胆战。

虽然如此，只要想想它，清楚它是自然现象就不足为怪了。

然而，今晚，现在，我听到窗外的风吹声，就是那戈

壁滩上那狂风吹着声势浩大的声音，让我百思不得其解。

兴许是如此宏大的风吹声，使得猫那"哇！……哇！……""呜！……呜！……"长长地拖着凄凉的声音，听着仿佛不只是两只、三只猫叫的声音，而是千万只。

这千万只猫叫着的凄凉的长长的声音，一浪接着一浪，在窗外夜空回荡，并振荡着夜空。震荡着我的窗户，震荡着我的屋，也振荡着我的心脏。

此时，我感觉非常不舒服。我努力地寻思着，今晚怎么会出现如此的怪现象。我闭着呼吸听着，是的，这些声音浸入着我的耳朵，振荡着我的耳朵，振荡着我的心脏，使我不得不闭着呼吸。

我以为这些声音一定会停顿一会儿，然后，再发出。然而，却不是。仿佛这一浪从这里发出去了，由近到远，去了。紧接着，这里又有另一浪从这里发出去。

几乎是不间断地。

由此，我闭着呼吸，长久地闭着呼吸，我感觉我快要窒息了，我感觉我的呼吸，只能吸，而不能呼了。并有些动弹不得。

"今晚到底是怎么回事？？怎么会出现如此奇怪的现象？"我原本是闭着眼睛的，我努力地睁开眼睛，心里十分惊奇地自语道。

然后，我又努力地伸出被窝里的手来，拿起床头边的手机来看，是凌晨3点12分。

"今天是5号，不，今天已是6号，哦，昨天台湾当局，已把狱中的陈水扁放出来了。原来被关了5年的陈水扁，因身体欠佳，而获得保外就医，被从监狱里放了出来。那么，他出来了，现在台湾会怎么样呢？这个'台独'分子……，一个把台湾与大陆搅得混浊的异端分子。他出来了，台湾人民是慌张的呀！台湾的局势又要出现乱象了，台湾的前途又不可预测了……难道要变？？"不知怎么的，我的脑海里这时突然想到了在看昨晚的晚间新闻时，里面播放台湾狱中的陈水扁获保外就医的事情来。

我心里开始万分难受，并越发的难受。

"这祖国统一……！！"

"不，我得想办法，让我的心里避开这样难受的声音。"我心里对自己说。

于是，我又想到了最近热播的《大清盐商》电视剧里，那杭州西湖满塘荷叶碧绿的图景来。果真，当满塘茂盛的碧绿色的荷叶，以及荷叶当中那无数株亭亭玉立的、欲欲绽放的荷花，安详、恬静地出现在我眼前时，浸入我耳朵的声音瞬间变得小了，甚至变成了无。

实际上，窗外面仍然是声势浩大，一阵接一阵的怒吼声，声声撕裂，声声凄楚。

我看着眼前想象的满塘碧绿的荷叶，我欣赏着，欣赏着荷叶的静默的姿势，欣赏着荷花羞羞美丽可人的姿势，我沉浸在里面，我心里渐渐开始得到宁静。

"啊！好美的画面！啊！好美的图景！多么祥和、秀美、恬静呀！"我心里感叹道。

大概凌晨 3 点半已过，我看着满塘碧绿的荷叶，窗外面那声势浩大惊吓的声音，对我而言，已是荡然无存。于是，我方得美美地睡去。

第二天早晨 7 点半，我被女儿的起床声惊醒。我醒来脑海里第一的思绪，就是昨晚窗外那狂澜惊吓的声音。

我不由自主地走到窗前，拉开窗户，顿见外面天色清亮干净，天空有些青色蔚蓝，而辛勤的小鸟也早早地在空中欢快地鸣唱着，自由地飞翔着。

"今天定是个好天气。"我心里说。

我再看眼前和公路两旁，只见树木都鲜活着，繁茂着；公路上的车辆此时也正欢快地来往奔驰着；人行道上的人们，穿着各色服装正匆匆地行走，他们在向自己的目标奔去。

"哦，好一派祥和的气氛！这样祥和的气象，难怪我每晚上都能睡上安稳觉。"我在心里舒心地感叹道。

"唉！真是夜晚是阴的世界，白天是阳的世界呀！"我心里此时无故地又冒出这样的一句话来。

2015 年元月 6 日上午

较场口黄桷树下

2015年元月12日，上午9时零9分，我乘坐的810班车，把我载到了解放碑较场口。

因这段路有密集的红灯，使得班车走走停停，行驶缓慢。

我站在拥挤的车上，眼睛始终是向着窗外的。的确，我的心情随着窗外的情景起起伏伏、喜喜悲悲，我会时而皱紧眉梢，我会时而舒展眉头。

当班车在重庆报业集团对出的红灯不远处停下时，我望着窗外，突然皱了一下。

原来，在一棵高大的黄桷树下，一个身材有些矮小，穿着黑色并敞开的冬装，脸有些青黄，左手提着他刚从市场上买来的几头青菜的中年男子，正逗留在那里。

他好像是想做什么，但又在犹豫着。

一瞬儿后，他脸扭过去对着黄桷树，然后，稍弯弯腰，并同时他用空着的右手举到他的鼻子处，并捏紧鼻子。他埋下头，对着黄桷树的根部，然后"呼！"的一声，把他

鼻子里的鼻涕呼了出来。只见那鼻涕，一部分喷到树根部，一部分喷在了地上，另一部分却还粘在他手上。

尔后，他抬眼看了一下右手上的鼻涕，于是，他把粘在手上的鼻涕就往黄桷树身上揩着。鼻孔外面嘴唇上方也有鼻涕，他定是感觉粘着不舒服的，他就用右手背大拇指处来横着揩了一下。最后，右手握着左手，左手握着右手，相互握着搓着。

在这过程中，他的鼻子还不停地"呼呼"地呼吸着，仿佛鼻孔里的鼻子还没有清理干净。他好像还想用手捏着鼻子"呼"一回，来清理鼻孔里的鼻涕。但这次，他却是用右手的手背的大拇指处，压在鼻孔处，然后左一下右一下地横着揩了几下。

就在中年男子站的背后的围墙上，很醒目地写着"创建精神文明城区"几个大字。

中年男子把捏鼻涕这件事情做完后，方才离开那棵大的、茂盛的黄桷树，然后，融入人群里去了。

我见那没有一点声色的黄桷树，仍然不动地立在那里，心想，幸好保护着它的树皮是黑色的，否则，那每天飘飞的尘埃，以及那涂抹在它身上的污浊的鼻涕，一定会使它变得面目全非，黑白难分明的。

"这个人的身体不太好。也不知这个人的文化程度如何？"我心里忧心地思量。

是啊，他并没有想到，他呼出来的污浊鼻涕会挥发的。这样，他呼出，而别人就吸进了，就会变成他这样的病态，这些都是很自然的，他不会考虑到。而那吸进这污浊空气的人，也不会想的那么多，只管自由呼吸着，也不会有什么顾忌。也无法想到，这一呼吸，就造成了自己身体不适的开始。

就在这个中年男子站过的前面不远处，一个农民工样的男子，一手抱住棒棒，穿着拖鞋走着。他突然停下脚步，然后，对着人行道边沿的下水道处，"哇！"的一声，把口中的口痰吐向人行道边沿的下水道里。

兴许他吐出来的口痰有些浓，那口痰并未掉进下水道里，而是，荡悠着悬吊在下水道的过滤钢条上。

这个农民工样的人，我想他更是没有什么文化可谈的。

要想人们讲文明，先得提升人们的文化程度和自身素质才行。——这是我的想法。

在这个农民工吐完口痰，然后后退到离 1 米 5 左右位置站定，然后，若无其事地等他的活儿的当儿，只见那下水道处的过滤钢条上的浓痰，仍吊在钢条上面荡悠着。

来去过往的人们，仍是悠闲自由自在地来回走着。有的面孔脸色看上去，确实让人有些忧心。

在车上，总会听到有人说，今天我去了哪家医院，今天我买了什么药吃的话。

2015 年元月 12 日太阳

今天的天气变变变

早上，我8点20起床，当我站在屋中央望向窗外时，只见天有些阴暗。

"是下雨了么？"我听着外面吹着像带着雨的风声，心里说道。

我索性来到窗前，想看清楚此时的天气。哦，天色有些淡白色的薄雾，窗前的树丛，公路两旁的树丛，以及公路对面的房屋，我能清楚地看得到。

人行道和公路面有些地方稍稍有些湿，窗前树丛的树叶并没有湿润。

我又睁大眼睛很用心地望向天空，"看来确实是在飞着极细的细雨。"我心里又说。

到9点和9点半时，我又无意识地望向窗外，这时，外面的公路对面的房屋，披上了一层极薄的白色雾，已是没有先前那么清晰可见了。

原本那极细、下得极稀疏的雨点已变成了有些密的细雨，我已能清楚地看见稀疏的雨线了。

树丛中，也能偶尔听见雨滴，从上面一张的树叶上掉到下面一张树叶上的声音。

风从外面轻轻地吹进窗口，使我顿感觉有些寒。

10点半，我与女儿坐车到了长江大桥上。此时，我并望向车窗外。

我知道，菜园坝大桥与南坪长江大桥相隔不是很远，平常时，当乘车从南坪长江大桥经过时，那菜园坝大桥是能很清晰地看到它的形象，并能欣赏到它如彩虹的雄伟姿势。此时，当我扭头望向它时，它已披上了一层有些厚的白雾，使得我看它时，也不是很清楚了。只是蒙蒙糊糊的影像，那如彩虹的轮廓也只是若隐若现。

江面上，也有一层白雾漂浮着，仿佛在与江水作深度的亲吻，又仿佛要把江面掩盖掉。

从驾驶处正前方望出去，因这时，公交车正在桥中央，只见前面的北桥头处，北桥头的坡壁，以及坡壁以上的房屋，从近到远，北桥头较清晰，坡壁稍清晰，坡壁上的房屋就不是很清晰了，就是模模糊糊的了，只是一些黑色的丛影，隐隐可见。

再往菜园坝火车站方向望去，只见所有物件完全被沉沉的十分厚重的浓雾罩住了，连一丝任何物体也看不见。

那个方向，仿佛是没有世界，是没有任何物件存在的

世界，也就只是浓厚灰白的雾了。

那方向，从天庭到地面之间，没有一点缝隙，没有任何一点亮的杂色，或黑的杂色，以及其它的杂物件，全是浓雾。仿佛，那个方向，没有天，也没有大地一般。

这样的情景，使得我所看见的天地，一下子就缩小了。缩小到，前方到北桥头，左方到菜园坝车站处。而且，这缩小的天地还是看着模糊不清的。

"哦，这样的雾到底来至于何方？它到底是怎么形成的，它为什么会形成如此之气势？且能把菜园坝地方的所有物件变成无呢？"我看着菜园坝车站方向，只有白茫茫的雾，叹为不止，惊吓不止。

的确，此时，我们整个重庆主城区及周围，被浓雾紧裹着了。紧裹着房屋，紧裹着花草树木。这浓雾怀着细雨，它们一并仿佛在搓揉着房屋，搓揉着花草树木，也搓揉着行人—也在侵蚀么？

实际上，在侵蚀的同时，又在滋润清洗着万物么？

当公交车来到北桥头，我望向车窗外的花草树木，"啊！花草树木，以及它们的叶上，是那么的湿润，而树木的枝头上，都露出了翠绿的新芽，使得整棵树木更显新绿和茂盛了。"我心里惊喜道。

"今天这雾是美的，是春天里滋润万物的雨雾。"我心里又说道。

到12点余，浓雾在慢慢散开，稍远点的物体，其轮廓也渐渐地开始看得见。从天庭中，也显出了光亮。太阳，仿佛在奋力拨开云层，其光芒要洒向大地，来温暖在成长中的一切生物。

到 1 点半时，微微的太阳光线从天空中一层较厚的白雾里洒下了，虽然看不到太阳，看不到一丝蓝天，但大地上，人们已经看到了太阳光，已经感受到了太阳光的温暖。

雾在渐渐地散去，在渐渐地消退。直到 2 点 42 分时刻，灿烂的太阳光照进了我的窗口。我兴奋地，仰头，眯着眼望向天空，只见在顶空稍斜的地方，一轮圆圆的红红的太阳，高挂在天空。

"啊！我的眼睛。"我被太阳光刺痛得惊呼一声。我虽然，只看了有一秒钟，但霸气的太阳，已把我的眼睛刺的难受。

难怪它定能冲破层层厚云浓雾，原来，它是谁都战胜不了它的强烈的。虽然，此时，在它周围，仍然是浓的白色一片，不见清亮的蓝天，但现在已能完全感受到是有阳光的天气。

到 3 点 30 分，雾都飘到天空中，形成了厚厚的白白的一层，把天空遮紧了。太阳毕竟要向前运行，此时，当太阳运行到一定距离，又被那层白雾遮住，只能看见穿透云层的太阳光线了，而不见了太阳。

但只一会儿，又能看见太阳了。

　　我想，今天下午，大概就是这样的境况了，太阳一会儿顽强地拨开那层白雾圆圆的挂在天空，一会儿又被那层白雾遮住，只看见那穿透云层强烈的光线了。

　　但不管怎么说，太阳始终是被天庭下的所有生灵感受到，并知道它是挂在天空中的。

2015 年 3 月 14 日

中午 3 点 38 分（星期六）盛迪亚 29 — 19

小区里的桃树

在两年以前，对于我所居住的楼下，那小区里的 4 棵桃树，我总是要赞美的。

每到春季时，这 4 棵桃树，就齐齐地露出满枝头的青涩的花蕾，然后，就是齐齐地怒放满枝头的蓬蓬的红色、白色、红白相间的桃花来。

当花瓣落尽枝头时，就是满树的翠绿的茂盛的叶子了。

往往在这时，小区里的男女老幼，在经过这 4 棵桃树时，都会被吸引住，都会向这 4 棵桃树投来赞叹的眼光。

但不知是怎么的，这 4 棵桃树，在前年时候，就相继死了两棵。只剩下另两棵了。

而剩下的另两棵那主干却又是弯弯曲曲地生长着，它们的枝干，也各自按自己的喜好方向伸展着，仿佛是来安慰着小区里的人们一般。

从此，我在经过这剩下来的两棵桃树身旁时，总要时不时地认真观看它们一番，我是生怕这剩下的两棵桃树，也要离我们而去。

有一天，我惊奇地发现，有一棵的枝干，都也快干枯得没有了水分，而在主干的半腰一弯头处，却有一个腐蚀了的大洞。

"这一棵该不会……"见此情景，我心里有些不快地隐隐作涩地想。

的确，我是从来就没有看到小区里有谁来呵护它，护理过它，过问过它的。

我们都知道，从两年前，小区的物管已是换了一拨人马了。

我们还知道，他们做事低调，因为很难看见他们的身影和听到他们的声音。他们的宗旨是，给大家一切"自由"，包括小区里的花草树木，不"打扰"大家，不"打扰"它们，让一切随心所欲地发展，让一切自生自灭的生长和灭亡。

他们的想法是，只有给了它一片土地，何况天上要下雨要出太阳呢，所以，大可不必去治理它。

的确，现在，在又一个春季开始的时候，这棵桃树，仿佛还深深地沉睡在冬季里，没有任何要苏醒的迹象。

小区的人们经过时，看着它那般光景，都为它担忧着。有人并把这棵桃树的光景报告了物管。

果真，在今晨，当我从它身旁经过时，哦，上帝呀！它已经被锯断，只露出30厘米高的断头了。仔细看它断头处，一轮一轮的条纹，已是干枯了，已是没有一丝水分。

但轮纹是清晰可见的—原来它早已死去！

万幸的是，另一棵桃树却还生活着。

然而，这棵桃树在这个春季，在它的 3 根分枝干上，分别开着的是，白色的花，红色的花，和红白相间的花。仿佛它把已死去的另 3 棵的桃树的花色，都承担到了自己身上，集于在自己身上了。

它这样开法，是为了小区的人仍能欣赏到所有的花色，或者是，为了怀念它死去的同伴吧，让大家认为它们还活着一样么？

对于这棵桃树上的花色的这样开法，小区的人们看着怪怪的，总觉得有些不寻常，并有些难受。它这样把所有伙伴的责任拉来自己承担，独自来展示，不会是独自来炫耀吧？但看来，它定是活不了多久的。因为，这毕竟是孤寂劳累的事情啊！

假如有人精心护理，想必，4 棵桃树都是还活着的，并在开花季节，各自都分担开出自己独特的花色来。然后，一并向行人来展示它们的魅力。这不仅热闹有气氛，也很壮观呀！

这样，就真真做到了"百花齐放！百家争鸣！"。

2015 年 3 月 18 日晴

（天色白光，太阳仿佛要出来了）

南坪大浪淘沙公交车站

细雨纷纷，我站在大浪淘沙公交车站等班车。

大浪淘沙公交车站全长约莫 100 米。此时，有的乘客站在两端等车，有的乘客站在站中央等车。而大多数却是站在站中央的。

因细雨纷扬着，为了能躲避一下雨，我也是站在站中央的。

我和站上的人一样，都扭过头往同一个方向看着，翘首盼望着自己乘坐的班车的到来。

"今天是最后一天了，顾客们，要捡便宜的朋友们，快来看，快来买。我给你们说，我们这里的货全是大商场里面的，原价都是 98、168、288、368 元钱的，我们拿来便宜卖给大家，最低 28 元，最高 48 元。自从中央讲亲民廉政以后，有的人官不好当不说，有的人的生意也不好做，有的人的钱也不好找了。为什么呢？中央的政策本是要求当官的行为要规范，结果，有的当官的却把这个政策来用在老百胜身上了，来约束老百姓的利益分配上了。你看，我们的老板把大商场的高档货拿来卖给大家，让大家来捡便宜，老板现在去找大钱了，去搞房地产开发了。有儿童装，有各种皮鞋，有青年男女装。顾客们，朋友们……"

我在站上翘首盼望班车来的当儿，听到从身后一排铺面里传来扩音器里男子推销货品的急切声音。

我扭头从传出声音的铺面看去，只见铺面门口，台面上摆满了各式各样的鞋，两面墙壁上挂满了各式各样的服装。铺面里有顾客进进出出，也有顾客在里面一边看一边选自己要买的。

"这样滥竽充数的货品摆在大商场卖，难怪卖不出去。"我心里蔑视道。

正这时，突然，一个中等微胖身材，上身穿着黄色大花衬衫的中年男子，飞一样地从右边站台端头，向左边站台，经过我的面前，猛冲过去。

我只觉面前一阵急风，我不禁猛地向后退了一步。我扭过头去盯着那飘过去的幻影的方向，那个飞跑着的中年男子。

我想他平常定是不怎么跑步的，因只见他跑着时，动作并不规范，只是速度快得惊人而已。脚下"咚咚咚"地，不停地往前只顾翻着脚跨着。

原来，他发现他等的班车在站台左边端头停下了，他是要狠命跑过去乘它的。哪知，正当中年男子狠命地要跑到车门时，班车启动了，并关上了车门。

"哎，哎，等等，还有一个。"中年男子高扬着右手，

并随着班车的启动，在车门前跑着跳着，喊着，也追着。

班车并没有由此停下来，而是沿着站台边继续往前开着，一直又开到原来中年男子最初站过的右边站台端头停下。

这使得中年男子又从站台左边端头，跟着班车，又跑到了右边端头，最终才上了车。

在他上车当儿，只见他用右手在脸上猛地、快速地抹了一下。不知他在脸上抹雨，还是抹汗，然后，极快地往外面使劲摔了一下，才匆忙地进车内，由班车载着他离去。

"顾客们，要捡便宜的朋友们，快来看，快来买……"

当这急切的推销声说到半中拦腰时，我所要乘的班车缓缓开进站了。还好，班车刚好停在站台中央，我一步跨上去，伴着那"老板去找大钱去了，老板去搞房地产开发去了……"的声音，离开了大浪淘沙车站。

2015 年 6 月 5 日　细雨

浓雾密雨

今天是 6 月 18 日。

早上 8 点 50 分了，我乘坐的 322 路班车来到了南坪南桥头不远处，停下了。

"又堵车了。"我心里说道。

此时，见前面，一直到整个南坪长江大桥上，密密地摆满了车。见此情景，我心里难受的滋味又出来了。

窗外，细雨密密地下着，雾气笼罩。四周，除了能看见公路，及公路两旁和树木外，其余以外的地方，都被雾气沉沉地罩着，不知云云。

班车时而缓缓前行，时而停下不动一毫。

车窗外，细雨随风密密的斜飘着，灰白的雾气浓浓地紧紧地裹着一切，使得天色也显得阴暗。

车内，乘客都默默地坐着，耐着性子望向窗外或前方，或低头沉思。

我坐的是最后一排，在我的前面第三排，一个年轻小伙子套着脑袋，歪着身子沉沉地睡了。在我的右方前面第

四排，一个年轻女子仰面靠着座椅，正若有所思地望向车窗外。在我的右方前面第三排，一个中年女子正大张着嘴巴，长长地打着呵欠。

车窗的所有玻璃窗户都是关着的，在关着的玻璃窗外表面上，布满了小雨点。这时，在外面玻璃窗沿最上方处，偶有两三滴雨点，像蝌蚪一样，拖着长长的尾巴，紧贴着玻璃窗，并快速地往下滑下来。过一会儿，又看见有四五滴的雨点，相互平行着拖着长长的尾巴，也是紧贴着玻璃窗，一前一后地从最上方快速地歪歪扭扭地往下滑下来。又过一会儿，有无数滴雨点，不停地连续地从玻璃窗沿的最上方，拖着长长的尾巴快速地直滑下来。

我一会儿看着窗外的雨，我一会儿看这窗外面玻璃窗上快速向下滑着的蝌蚪一样的雨点。

我发现，当外面雨下得稀疏时，外面窗玻璃上向下滑的雨点就稀疏，向下滑的速度也要慢一些；当雨下得密集时，雨点贴着玻璃拖着长长的尾巴，就会不停地极快地往下滑；如玻璃窗上没有雨点向下滑，那么，说明外面的雨定是停下了。

然而，此时，玻璃窗上，拖着长长尾巴的雨点仍是不停地快速向下滑着。原来，雨下得大了，并听着"啪啪"地拍打着车顶部的声音。正这时，班车向前滚动了一截距离。

窗外，细雨下的更密集了，雾气仍沉沉地笼罩着四周，仿佛我们生活的天地一下子就只是在两条宽阔的公路面积的范围，而我们的视线也就在这两条宽阔的公路地方了。

所见的就是乘坐的班车上的人，停摆在公路上那密集的各色大小车辆和公路两旁的树木。

班车扭扭捏捏地终于来到了南坪长江大桥上。当望向窗外时，我的视线，仍然被限制在南坪长江大桥和菜园坝大桥复线桥处。其余以外的地方，全看不见，全被雾气笼罩着。

对面北桥头那高高的坡壁上的所有的房屋和树木，也被雾气罩着，不见一丝阴影和轮廓。

当班车缓缓地来到北桥头，密集的雨线时而斜斜地飘飞着，时而密密急急地直下，如织布时的密密的梭线。密集的雨线里，雾气在其中裹着搅动着，并随风翻飞着穿过密密的雨线缝隙向四周推行。它又从上向下，从浓到疏，裹着雨线追着走着。它仿佛告诉人们，今天的雨不但猛，也定会下的时间长。

因云雾压低了，阴雨密布着四周，天色也显得更是阴沉沉的，仿佛四周一切都不存在了。只是看见，在被密集的雨线冲洗得干干净净的宽阔平坦坚实的公路上，密密地摆布着的各色大小车辆。这密布在公路上的车辆都闪亮着的红灯，组成了如一条宽大的霓光带。这条霓光带闪烁着，铺了长长的一地，起伏不定。这条宽大的霓光带，在这浓浓的雾雨天气里，使得眼前这一天地显出纷彩有气势，形成了浩浩荡荡流动的景象。这景象，让人心里既感叹，又抱怨。

2015 年 6 月 18 日　上午 11 点 12 分

此时稀疏的雨线

让我尝尝

5月的一天傍晚，我与小玉一同到南坪农贸市场转着，想买点菜。

当我俩慢悠悠地走到露天小巷转时，"妈，我想吃荞麦煎饼。"小玉突然指着前面不远，一个年轻妇女正在切着煎饼处。

我抬眼看时，"是卖煎饼的。"我心里说道。

我并没有立马答应小玉，而是慢悠悠地走到卖煎饼前观看。只见案上铺着的一张大大的圆圆的黄灿灿的煎饼，还溢出甜甜的香味。案旁，年轻妇女正左手拿着夹子，夹着煎饼，右手拿着大刀在快速地切割。在她左手边，悬挂着一杆称斤两的秤。

在案子面前，站着一个中年妇女，她好像在等待。

"看来她是根据顾客需要多少，就切割多少的。"我看着心里想道。

当案子面前的中年妇女提着煎饼离开时，年轻妇女抬头看着面前的我们，问道："要买么？"

我看着那煎饼的形象，很是诱惑，就问："多少钱一斤？"

"8元。"年轻妇女一面把案上的煎饼摆放周正，一面眬着眼睛回答。

"我要半斤。"我说道。

年轻妇女听了后，就按我要的斤两开始切割。她在切割时，小玉那嘴早已馋得真想伸手去拿一块来塞进嘴里一般。

"可不可以先尝尝？"我问道。

年轻妇女听了我的问话，快速地切割下一小片，搁在刀边沿处，递过来。我与小玉各自伸手拿了塞进嘴里。

"嗯，好香！"我心里赞道。

小玉吃了，把我看了一眼，点了两下头，看来她对这煎饼的味道也是满意的。

"给块给我尝尝。"这时，不知什么时候，我旁边站了一位个子不高，瘦小身材，穿着宽松整齐衣服的中年男子，正看着案上的煎饼，向年轻妇女说道。

年轻妇女看了他一眼，没有说一句话，继续埋头切割煎饼。

"给我尝尝嘛，我今天没带钱，我今天不买，我明天来买。"男子有些不好意思地用手把裤兜处按了一按。

年轻妇女仍然没有理应他，脸上带着浅浅的微笑，只是做她的事情。

"让我尝尝，就吃一小块。""我今天真的没带钱，

不信你看。"男子说着，就用双手在上身胸前按按。看得出，这个地方的口袋的确是瘪着的。他又把双手各自插进裤子口袋里，然后，抓住口袋底子"呼！呼！"两下拉了出来。的确，这两个裤子口袋里也是什么也没有，连一点杂物纸屑都没得。男子拉住口袋底子又往里塞了进去。

"你看到了，我今天的确没带钱，我明天带来，一定买。"男子有些央求地对年轻妇女说道，那样子有些可怜相了。

他那态度，好像今天非要吃到这案上的煎饼不可。

他那样子，好像一个嘴馋的小孩儿，见了好吃的，在向大人央求着要吃一样。

年轻妇女把我们要的斤两切割好后，放到一边，又在煎饼上重新切割了一小片下来。她在切割时，抬头再次看了一眼那向她央求着的男子。

年轻妇女把切割好的一小片煎饼，搁放到刀的边沿处，然后递给那男子。这个过程中，年轻妇女始终没有说一句话，只是面带着浅浅的微笑，态度并十分的坦然。

中年男子快速地拿了刀边沿上的煎饼，然后脖子一仰，把手里的煎饼快速地丢进嘴里，手放下，头放平，嘴里包着煎饼，满脸欢喜地咀嚼着。尔后，方才一边晃着瘦小的身子离开去。

"有人硬要吃你的煎饼，这是你的荣幸。"我接过年轻妇女递过来的煎饼，微笑着对她说道。

"这些人……"年轻妇女听了我说后，说了一句没有说完的话。

当我与小玉慢悠悠地往前走了一段，又返回来经过卖煎饼的案子处时，只见案上的煎饼已是买得精光。而年轻妇女正在收拾，估计准备回家了吧。

2015 年 5 月 23 日

聚　会

　　因一次聚会活动，老汪和林凯又聚在了一起。

　　老汪和林凯说来没有什么爱好，他们唯一的最大爱好，就是喝酒。每次遇着好友之间搞什么活动，或者是好友聚会，两人都要喝醉，甚至是喝得不省人事。

　　这次也是。这次参加聚会的人，共有两桌，在6点半开始晚饭时，老汪和林凯各在一张桌子上应付。

　　好朋友聚在一起吃饭，往往都要或多或少地要喝点小酒，借酒来向好朋友说几句祝福词，算是尽到礼节。

　　因老汪和林凯都是喝酒人，一上桌子，两人就开始在各自的饭桌上，倒满酒杯，然后举着酒杯向每位朋友，一面针对男人或女人嘴里说着不同的祝福词，一面往嘴里倒了一杯又一杯。

　　酒敬完了，饭桌上的人们，饭菜也吃得差不多了，这时，天色已是黑尽了的，于是，有的相约着到外面去欣赏夜景。有的人相约着搓麻将，或斗地主。也有的人相约着去唱歌跳舞。这样，两桌的人陆陆续续地走得差不多了，最后只剩下老汪和林凯各自在自己的饭桌上。

"来，老兄，我陪你喝。"林凯一手提着啤酒瓶子，一手端着他的酒杯，红着一双眼睛从他那桌走过来。

"你老兄，我今天要让你喝趴。"老汪一边让座，一边弯腰在一侧地上提起一瓶未喝完的啤酒，"啪"的一声搁在桌子上。

"来，斟满，我来给你斟满。"林凯把自己手里的啤酒颤巍巍地给老汪酒杯倒满。

"你的杯子里也要满上嚛。……对了哟，这才叫兄弟伙嘛，来，干！"老汪颤巍巍地端着满满的酒杯，酒一路洒着倒进了嘴里。

林凯也不甘示弱，一仰头把酒倒进了嘴里。

两人互相看了一眼对方的杯子，各自抹着嘴，把酒杯搁放到桌子上，又各自给自己斟满了酒。

"来，连干，干三杯，不过瘾，不放杯子。"老汪嘴巴有些挛不清楚地，高一声矮一声地说道。

"干，连干三杯。"林凯端着满满的酒杯，红着眼睛附和着。

于是，两人稀里哗啦地连倒三杯，连碰三杯，连着把酒倒进嘴里。

老汪先喝完，他重重地把喝完的酒杯搁放到桌子上，然后，又弯下腰在他的侧面地上乱摸一阵。提起一个酒瓶子来看是空的，再提一个瓶子来看，又是空的。

"酒呢？没酒了。你看，看你那边还有没有。"老汪

眯着双眼对林凯说道。

"有，我这边有，肯定有。"林凯糊里糊涂地说着，也弯下腰在他的侧面地上一阵乱摸。

"算了，没酒了。酒，服务员，酒，拿酒来，再抬，再抬一箱。"老汪扯着喉咙，团着嘴吐字不清地向服务员吼道。

听话的服务员，一会儿就抬了一箱搁在两人的旁边。

"倒上，你给我倒上，今天我要让你喝趴。"老汪眯着眼睛，晃悠悠地扬高右手臂，对林凯说道。

"倒上就倒上。"林凯取了一瓶啤酒，咕噜噜地给老汪倒满一杯。

"我说老兄，你酒量不行，不比当年了。你看我，一点事都没有，这箱酒，你不用喝，我自己喝了也没事。"林凯端着满满的酒杯，不与老汪碰，一路洒着送到嘴边，哗啦啦地倒进自己嘴里了。

"没有那些事，我能……喝，这点酒，算个鸡巴。"老汪不服地端着面前满满的酒杯，一半洒在地上，一半倒进了他的嘴里。

两人都喝空了杯子，放在桌子上，奋着脑袋不出声，两人都不喊倒酒了。

"你听我说，老兄，现在这个社会，人情冷淡多了，国家政策严格，家里老婆有工作有事业，她经济独立了，地位提高了，我简直不敢对她轻举妄动，窝囊透了。"老汪把凳子挨近了林凯，面对着他，套着脑袋说道。

"我更窝囊，我那辛辛苦苦养大的儿子，有人说不像我。"林凯也套着头说道。

"不像你,那准是像他,像他妈噻。"老汪突然扬起头,把双腿张开,右手搭在他旁边的一张凳子靠背上大声说道。

"问题是,他又不像他……妈。"林凯十分委屈地说道。

"呸!"老汪听了林凯说了这句话,不知是有意,还是无意,啐了一小口口水在林凯前胸身上。

林凯兴许是的确喝醉了,对于老汪把口水啐在自己身上,他仿佛没看见一样。

"现在的女人翻天了,也学着男人找情人,而且还不止一个呢。"林凯十分不解地说道。

"呸!"老汪又啐了一口口水,这口口水却是啐在他旁边的凳子上的。

"还是新中国成立前好,女人都是不能随便出门的,待在家里做针线活,然后,等着男人回家,伺候男人。"老汪眯着的眼睛,突然睁大一点,说道。

"这不能怪女人,我们有的男人也不是,身上有点钱,见一个女人爱一个,恐怕是把女人整烦了,才跟着男人学,也是在外面找情人的。"林凯含糊着,用极小的声音说道。

林凯胸前那口水,一直掉着,慢慢地浸透在衣服里,使得那里显出一小滩湿。

"喝,喝酒,喝酒。"林凯给自己的空杯子里又斟满了酒,然后,一路洒着送到嘴边,大半倒进了嘴里,小半倒在了胸前的衣服上,并打湿了衣服,也遮掩了那口水的湿。

"你只顾自己倒,也跟……跟我倒上噻。"老汪一面

说着，一面小起身，把屁股挪到他旁边啐了一口口水的凳子上，压住了口水。

"这才像话嘛。"老汪端起林凯给他斟满酒的酒杯，颤巍巍地一路倒着送到嘴边，也是大半倒进了嘴里，小半洒在了地上。

"现在的女人不好说。"老汪舂着脑袋摇了两下，右手也扬着摇了两下说道。

"现在有的男人更不好说，简直是莫名其妙。"林凯也舂着脑袋摇了两下，说道。

"你说现在单身女人那么多，都是多种原因的，一方面，她们确实被男人的行为整烦了，一方面我们男人的确太花心了。当然，还有一方面，女人比原来有事业心了，有了钱，不结婚无所谓，反正男人有的是，只要有钱，自己打扮得漂亮，反正都是那回事……你说呢？"林凯红着一双眼眯着说道。

"这婚姻自由，这结婚自由，这离婚自由，这自由……，现在是自由的时代。只是，这样下去，恐怕以后结婚和生孩子不会那么轻易了。"老汪闭着眼睛，舂着脑袋，像要瞌睡般地说道。

的确，这时，林凯早已趴在桌子边沿醉过去了。

"你小子，我说嘛，我要让你喝趴，这么快就趴，趴了。"老汪抬眼发现林凯趴在了桌子上，自己也不由自主地向凳子的高靠背歪去。

2015 年 7 月 18 日　太阳

流浪狗

9月10日下午6点余，我下班刚走到学田湾公交车站，这时，只见不远处，一条长40厘米，高20厘米，不胖不瘦，短尾巴卷了一个小圈，立在屁股上，浅黄色毛质的小狗，正埋着头，嘴处在地上，一路嗅着，寻找着，向我这边走来。

看得出，这条小狗是一条流浪狗。

这条流浪狗身上有些脏，但不是很脏。这条流浪狗可能是刚被主人不知因为什么原因遗弃了。从它的外貌和长相看，这条流浪狗原本是很可爱的，这是它主人最刚开始要养它的原因。但时间久了，兴许是主人工作确实太繁忙，兴许是主人遇着了不快的事情，没有心情养它，又兴许是主人的生活条件发生了变化，再兴许是主人养了一条更可爱的小狗，再再兴许是主人搬迁到另外的地方去了，再再再兴许是养它的主人是个老人，老人可能离世了。等等，诸多因素，而不得不把它遗弃，让它成为了一条没人管，没人搭理，没人给它装扮的，任其在外面自由寻找食物的流浪狗。

流浪狗一路嗅着寻找着，走到我面前停下。因在我面

前的脚下地面上，有一张直径约8厘米的圆圆的纸。这张纸，不是一张写字的纸，而是一张包裹蛋糕底部的纸，是为了供吃的人好拿着的蛋糕纸。

这张蛋糕纸，包裹蛋糕这面，摊在地上正好露在上面。纸面上很明显有粘着一些碎末蛋糕。小狗一路嗅着走来，在这里就停下了脚步，嘴杵在这张纸面上，一边嗅着蛋糕香，一边伸出柔软薄薄的舌头来，在上面狠命地舔着。

毕竟纸面上黏着的蛋糕碎末不多，当小狗狠命舔一小会儿后，它兴许发现了这黏着的碎末快被它舔完了。于是，它开始放慢了舔的速度。它可能是怕一下子舔完了吧，才放慢速度的。

小狗放慢速度，并犹豫着停了下来。只见它用嘴轻轻地衔着这张纸的边沿，把这张圆圆的蛋糕纸翻了一面。小狗在翻了一面的蛋糕纸上，闭着小嘴挨着嗅着。当它很用心地嗅完了整张纸面，发现上面的确没有一粒黏着的蛋糕碎末时，它抬头看着前方停顿了一会儿，仿佛在思考，这一张纸上，怎么在这面上没有蛋糕碎末呢？这到底是怎么回事呢？于是，扭头看了一眼它的左边，又扭头看了一眼它的右边。好像它在看看，是不是在它来之前，被另外的狗已舔过了，使得这面干净得没有一丁点蛋糕碎末。

然而，它并没有发现一条和它一样的狗，它又望着正前方。过了一小会儿，它又重新低下头，用小嘴衔着这张纸的边沿，又重新把这张纸翻了过来。

小狗又开始在有蛋糕碎末的纸面上，极专注地，极小心地，慢慢地舔着。

然而，不管它舔的多么的慢，纸面上的碎末蛋糕终究还是被它舔完舔干净了。小狗仿佛还是不放心，它把这张被它舔干净的纸面，又重新从头到尾地再仔细地舔了一遍。甚至，又咬住这张纸的边沿，把这张纸又翻了过来，把小嘴处在上面挨着又重新嗅了一遍。然后，果断地又再次把这张纸翻了过来。

谁想到呢？最后，小狗把这张翻来翻去数次的纸，竟然一口咬住，然后，张大嘴巴，伸出长长的舌头，把这张纸卷裹进嘴里，把小脑袋歪来歪去地咀嚼着嘴里的蛋糕纸，猛然把脖子一伸，把这张大概咀嚼烂了的纸吞进了肚里。

此时，只见小狗的肚子颤动了一下，并微微向外鼓着。

小狗把这张蛋糕纸吞进肚里后，伸出舌头在嘴边周围舔了两圈，然后埋头把嘴处在地上，又一路嗅着寻着向前慢慢走去。

真是呀！我敢肯定，假使在这张纸上面，是一个大大的蛋糕，大得足以能够使这条小狗吃下去撑饱肚子，那么，关于这张纸，小狗不会吃进肚里去的。兴许是，它把这个大蛋糕吃完后，就挺着吃饱了的肚子，从这张还残留着蛋糕碎末的纸上踩过去呢。

谁知道呢？不管是低等动物，或是高等动物，在饿与饱，贫与富，在环境好与坏之时，所表现出来的情形是完全不同的。而这两种情形，都会使其产生惊人的举动。

2015 年 9 月 25 日　阴转晴　盛迪亚

第三章 新时代

金砖银行

当16日的中央新闻播出，由中国、俄罗斯、印度、巴西、南非四大洲组成的金砖国家，于2014年7月15日齐聚巴西福塔莱萨，并成立金砖国家开发银行、建立金砖国家应急储备基金的消息时，世界为之哗然，一些西方国家也都睁大了一双惊奇的眼睛。

这个消息，同时也让我这个中国老百姓为之惊奇不已，为之振奋不已，我细细地关注着这一具有历史性的相关信息。

的确，信息如下：

上海国际问题研究院世界经济研究所执行所长张海冰所说，经过了1997年的亚洲金融危机和2008年的美国次贷危机之后，许多国家认识到，原有的国际货币金融体系有其缺陷。比如国际货币基金组织（1MF）的援助，存在审查时间长、程序复杂、条件苛刻等问题，一些需要国际金融及时支持的国家，哪里等得及这诸多程序和时间的折腾。以至于，在1997年亚洲金融危机之后，亚洲有了"清

迈倡议"和亚洲共同外汇储备库；在欧债危机发生之后，欧洲产生了欧洲金融稳定基金（EsM）。特别是俄罗斯，因最近与乌克兰的领土争端，被美国一次一次的实行金融制裁，十分难堪，又十分无奈。在这种情形下，新兴国家建立自己的保护机制已是迫在眉睫。

又如中国国际问题研究基金会战略研究中心执行主任王嵎生也生动地说："从历次金融危机来看，国际热钱的流动，对发展中国家的冲击非常厉害。如有了这笔应急储备基金，今后发展中国家在遇到金融风险或经济危机的时候，需要及时解决的问题就不用担忧了，这笔钱就能派上用场了。"

当然，不妨有一些声音猜测，说金砖国家开发银行将成为国际货币基金组织（IMF）和世界银行等机构的竞争者。

张海冰所长也指出：金砖国家开发银行是一个创新性制度，它实际上是弥补了现有国际多边开发银行的不足，当然，它主要体现在基础设施建设领域。所谓"基础设施"，内涵是相当丰富的，不仅包括场馆和建筑物的建设，还包括环境和水污染的治理、社会福利、金融体系，等等。而基础设施建设又是目前发展中国家面临的一个较大的发展瓶颈。比如巴西，当时要承办 2016 年奥运会，而此时基础设施建设融资缺口较大，使得要搞的设施建设，显得尤为困难，而影响着办奥运会的形象和质量，甚至安全隐患。所以，金砖国家开发银行不是现有国际开发银行的竞争者而是合作共赢共利关系。

张海冰所长还说，它的着眼点不局限于某个地区、某个国家，甚至也不只聚焦于金砖五国，而是关注全球的新兴市场国家和发展中国家。

金砖国家开发银行应急储备安排初始承诺互换规模为1000亿美元。中国410亿美元，巴西、印度和俄罗斯各180亿美元，南非50亿美元。签证总部设在中国上海，首任行长则来自印度，董事会和理事会各由俄罗斯和巴西来负责，而分部设在南非。

"啪！啪！啪！"我看了这些信息，不禁激动地连拍响了三声掌。

"中国，中国。世界，世界。啊！中国终于爬到了世界这座山的山峰上了！"我在心里又一阵激动地自语道。

设这个金砖银行，是与新丝绸之路紧密联系起来的。也就是说，今后，中国将与世界各个国家联结起来。这个联结的纽带，就是新丝绸之路，就是把世界经济一体化。就是利用银行这些钱来开辟条条新的经济之路，让世界各个国家连接起来共同发展，让世界人民共同改变，共同过着幸福生活。

然后，使这个人类赖以生存的地球，真正形成一个花园般的地球村，形成一个世界大家庭。

这个理想真美呀！

但是呀，但是……我只能说，假如，美国总统和日本首相，都是热爱和平的人来担当，我想这个美好的理想，离我们全世界人类是并不遥远的。

不管怎么说，90% 的人头脑是清醒的，是热爱和追求美好和谐生活的。所以，最后，我不得不要高呼：美哉，金砖银行！美哉，新丝绸之路！美哉，中国！

2014 年 7 月 17 日

临江门交警平台撤了

2014 年 8 月 13 日早晨 9 点钟，我乘坐 810 班车到达临江门转盘处，心里正想着今天我乘这车又将遇着在此处红灯区要停留一会儿，又会看到站在交警平台上指挥的交警，潇洒地打着手势，指挥着把我们这条线路的车放行时，猛然，我一阵惊奇，眼睛并不相信地盯着交警平台处看。然后，又往四处看。

原来，我每乘车到此处时总让我喜与愁兼备的交警平台，撤了。

我所说的喜，就是公交车每开到此处停下，就可以欣赏到交警指挥那优美、洒脱、有力的姿势了。

我所说的愁，就是有的乘客不理解，汽车开到这里突然停下一些时间，等呀等，盼呀盼，终于才看见交警打着放行的姿势，才放行。对停留这样的时间，他们以为是交警故意装怪，或者说是交警根本什么也不懂，应该是一会儿时间，结果是很长时间。于是嘴里就骂那交警平台上的指挥交警，大凡重庆骂人的话都用上了。我听了，心里只

是为交警抱不平，但却无能为力。

现在，只见，交警平台撤得干干净净，只有那地上圆形平台搁放的位置处，因时间久了的缘故，所留下的一个圆形痕迹。

"过不了多久，这个痕迹也会消失掉。"我心里说道。

在重庆主城区，我所知道的，或者说我所看见的，就只有解放碑临江门转盘处这一个交警平台了。我不知道这个交警平台是什么时候设的，我估计应该有不少于5年时间了吧。

在我的认为中，在一个城市的中心地带，设置一个交警平台，是对交通行为规范的表现之一，也是表明一个城市的根本理念。

的确，当看见一个穿着一身整洁规范的交警服装，规整地戴着圆盖帽子，表情严肃的交警，立正稍息地站在交警平台上，眼睛正视行车道上的车辆，然后不时地用双手有力地打着规范的手势，而各车道的车辆看着交警的手势，或停，或行时，心里会十分高兴地说：我们这个城市是讲规范的。

我知道，指挥员是严格根据交通规则上要求的时间来放行车辆的，不是按指挥员本人的意志，想什么时候来放行车辆，就什么时候来放行车辆的。我相信其他人也知道。

有这样的交通行为规范，有我们这样的指挥员的指挥，以至于，每个驾驶员，包括不太遵守交通规则的驾驶员，以及开车有些霸道的驾驶员，凡开到此处时，都会不由自主地要遵守这一行为规范：该你走时你才走，该你走哪条行道，你就走哪条行道，并且跟着前面的车子规规矩矩地走。

见此情景，我索性把交警指挥员当作驾驶员们的领导者了，这个领导者不光是规范了驾驶员们开车的行为，同时也为他们指明了方向。

这多好，这行为规范多好，不管你有多少车，不管交通线路有多么的复杂，不管你驾驶员有多么的霸道，只要有严格的行为规范，还有那严格的指挥员的指挥，还怕你不归顺！你还敢制造乱象不成？

的确，刚开始时不太习惯，心里也有些不解：怎么要停下来等一分多钟呢？怎么非要等其它车道的车走得差不多才放行呢？赶快把我们这车道的放行嘛，我可是要赶时间呀，快，快，快，交警叔叔，交警大爷，你快放行呀！等等。但后来习惯后，知道其中的道理和理解其中的重要性后，就觉这是有必要的了。就静下心来等那红灯变成绿灯，等交警打放行的手势了。

而且，这会儿，这点时间，来欣赏交警那优美的姿势，认为还没有欣赏够呢，还想再等一会儿呢。

可是，现在……，交警平台撤了！

——我们重庆城主城区这唯一的交警平台撤了！……

这交警平台撤了，难道是说，我们重庆的驾驶员们，已是各方面都达到了一定的水平了？他们各方面的素质都提高了？或者说现在已是进入了信息化时代，相关部门认

为这个地方设置一个交警平台是多余的了？还是因为有其它的因素考虑？是交警整天打着姿势太辛苦吗？是安排人员不好安排吗？还是因为要多一笔开支吗？

当看着被撤了，我已习惯了的，甚至是我赞美和牵挂的交警平台时，我心里不由地发出诸多的疑问。

说实在的，这交警平台撤了，我有些担心这个车流交叉往来密集的地方，会出什么乱子。

然而，后来证实，我的这个担心是多余的，这个地方，仍如以往有交警指挥一样，秩序井然有条，什么时候开，什么时候走，走哪条线路，仍是一如既往地有序地行驶着。

一点乱子也没有出。

我想，这就是信息化时代的魅力吧！

2014 年 8 月 13 日

新电脑

近两天，单位在整体换新电脑。

电脑这玩意说不清楚，按有关专家的说法，一台电脑的正常使用时间在 5 年。也就是说，一台电脑使用了 5 年，就得换。

按大家的说法，此单位是清水衙门，10 多个人，如要换，一下子就要换 10 多台。一台电脑质量好一些的价格要 2000 元以上，10 多台电脑，至少也要 2、3 万元吧。

试想，一个清水衙门一样的单位，一下子花 2、3 万，着实让人有些心痛，有些舍不得。所以，我所用的这台电脑，据说快要有 10 年时间了，没有换掉，我心里也是理解的。

虽说是快有 10 年时间，可我用着它，并非像有关专家说的那样，一、性能呀，二、网络流程的速度呀，三、病毒感染呀，时间久了都会接连地出问题。兴许是我用的简单，每天我就用 word 文档来写写字，然后就是有时上网查查资料，偶尔也聊聊 QQ，我却并没有发现三个功能出现问题，给我带来什么麻烦。以至于，让我认为，一台

电脑应是长久性的使用，直到它像人老了一样，各种机能被磨损掉了，锈迹斑斑了，坏了，出现有关专家说的问题，这时才该换了。

我不知其他人是否如我一样，用着没什么。

但，我想，恐怕不是，不然，单位怎会换新电脑呢？

现在，不管怎么说，兴许单位现在有钱了，现在开始决定换电脑了。还是"联想"牌的，据说每台要4000余元。

真是这么贵么？那么，每台4000余元，10多台，那莫不是要花4万余元呀？

我这台是2014年8月27日上午，由联想公司的工作人员来为我换掉的。

当工作人员从包装盒里取出荧屏那一刹那，我心里就感谢单位了。

的确，原来使用的电脑，荧屏是15英寸的，主机是一个长方体形的铁砣砣，高40厘米，宽50厘米，主机里安装着各种点点滴滴状的、块状的零配件，应有10多斤20斤的重。

荧屏有一代、二代、三代。一代荧屏也是一个拖着长长尾巴的铁砣砣，重量与主机相差无几。二代荧屏是液晶的，就是一个薄薄的长方形，重量大概就是5斤左右。一代和二代的荧屏都是搁放在办公桌面上，而主机就另搁放在办公桌左下方的盒子里。当要用电脑时，得先开机，开机是要弯腰在主机上开。搁放磁盘和插U盘也是在主机上，也要弯腰。

办公桌上的荧屏和办公桌左下方下面的盒子里的主机之间，用4、5根电线连接着，以至于，使得左方办公桌下面地上，密密麻麻的一堆电线。

在使用电脑，如发现网络有问题，或者死机了，或者文件突然丢失了，修理人员就得把办公桌下盒子里的主机拉出来，实际上还不能完全拉出来，只能是半掉在盒子边沿，然后才能很费力地打开主机检查，来修理。等修理好了，修理人员因是要么弯腰，要么是蹲着，显得满脸疲惫。不用说，等修理好，等修理人员离开，才发现办公座椅下面，也就是坐人的地方，一地的脏。无奈，使用电脑的人，只好提着扫把，花时间把坐的地方重新打扫干净。

以上等等，使用电脑的人当时并没有觉得有什么不妥，或麻烦什么的，因为电脑毕竟修理好，又可以继续使用了呀！

我用的是二代，今天，却要换成三代了。

以上我说了，当工作人员把新电脑的荧屏取出的一刹那，我心里就感谢单位了。只见，薄薄的荧屏，宽宽大大的，12英寸，看着很时尚，看着很霸气，也很有时代感。

工作人员开始安装。

"怎么，你主机不拿出来么？"我见工作人员取出荧屏后，一会儿，他告诉我快安好了。然而，当我发现没有安主机时，心里十分生气地问工作人员，心里想道，他是不是在马虎了事。

"这电脑没有主机，原来主机上的一切功能都在荧屏

背后的一张薄片里了。"工作人员笑着对我解释说。

"那开机呢？"我不禁惊奇地问道。

"开机也在荧屏上，在荧屏的右边侧面处，左边侧面是插U盘的，还自带音响呢。"工作人员再次欢快地告诉我。

"啊！是吗？这三代电脑这么先进呀！这么方便呀！这么时尚呀！这真真算得上是新电脑呀！这不愧是新电脑呀！新时代就是不一样呀！我们使用的东西越来越高科技了，越来越便捷了。我们将来是不是要像情报部门那样，也要使用触摸荧屏电脑呀！"我看着办公桌面上崭新的电脑，我的心顿即飞扬了起来。

我听说音响是自带的，我赶紧叫工作人员把音响与我调出来，搁放到桌面上，当我想听歌曲时，我在电脑桌面上点击就是。

工作人员照我要求的做了。

等工作人员在收拾他的工具准备离开时，我就迫不及待地打开音乐。立即，邓丽君那轻轻悠扬的声音，就在我的办公室回荡了。

我在这轻轻悠扬的音乐声中开始快乐的工作。

"啊！现在的确是进入新时代了！"我一边感受着这不一样的气氛，一边心里这样欢呼道。

2014 年 8 月 29 日

今年重庆好天气

兴许是巧合，自从我6月30日写了一篇随笔《梅雨2》，发到各QQ群上，没过几天，重庆的天气就变得我所愿的了。

《梅雨2》文章的大意是，从5月中旬到到7月5号，重庆的天气总是阴雨连绵，要么就是阴着。气温20度不到，这样的温度，让人感觉还如冬天般的寒气。

到这个季节，仍是这样长时间的天气，心想，这个时候，正是农村各种庄稼生长时期，这整天阴雨连绵的，有的庄稼哪里会有好的收成。于是就拿老天爷来说事，说他不能总顾及到城市里的老人怕热，热得怕活不过这夏天，而总阴雨连绵地来点"好天气"。还应顾及到农村的庄稼的生长，顾及到那农村种庄稼的人的吃饭问题。因为他们是靠种庄稼吃饭的。假如收成不好，他们会饿肚子的。那么，怎么办呢？你老天爷就应该下几天的雨，不要太大太猛，太长时间；然后又出几天的太阳，同样，不要太强烈，不要时间太长。这样一来，不就几头都顾及到了么？城市怕热怕死的老人顾及了，农村的庄稼的健康生长也顾及了，农村

靠种庄稼活命的人顾及了。这样不是最好么，皆大欢喜呀！

我这样写了后，到 7 月 8 号的样子，果真天气好转了，天天是晴空万里，太阳高照。我想这样的天气对农村的庄稼一定是有好处的。

这样的天气大概持续有近半个月时间。这半个月时间有几天最高温度大概是在 38 度左右，但总的平均温度在 35 度左右。

重庆夏天的温度，往往都是在 38 度左右，这样的温度，重庆人不以为奇，都熟悉了的，并且这样的温度持续的时间很长，两个月，甚至有些时候还要多一点时间。以至于每到夏天，重庆人都感到炎热难受。有的住在城里的有钱人，夏天都要到偏远的山区，到有浓浓的森林的地方去躲避炎热，去避暑。直等到秋老虎过去，才回城里来。

现在到 7 月底，天气开始变阴了，并下着细雨。到 8 月时间，天气更是好的没得说。几天下雨，几天太阳。

这段时间的温度大概就是在 30 到 37 度左右。一直到 9 月。

今天是 9 月 2 号。昨天白天是阴天，到晚上 8 点左右开始下细雨，到 10 点左右开始下中雨。今天早晨，雨停了，天气又放晴了。今天的温度是 27 度。

这样的天气，是对人们身体适宜的，也是有利于万物生长，包括乡村的农作物的健康生长的。

"哎，今年重庆的天气好，没有热多长时间，不像往年，那个天气热呀，白辣辣的太阳晒着，让人窒息。整个夏天都热，甚至到了秋天，还有秋老虎伺候呢。"

"就是，今年仅仅热了不到半个月时间。"

"我都快50岁的人了，重庆像今年这样好的天气，我还是第一次遇着。舒服，舒服，不知明年如何？"

今天，当和几个同事遇着的时候，大家都不由自主地感叹重庆今年的好天气。并且大家在说着时，各自都是显得心情是那么的轻松，又是那么的舒畅，仿佛那每年都长时间的炎热，在重庆，从此往后不会再出现了，重庆那"火城"的高帽会被摘掉了，从此往后定是四季如春的天气了。

有可能吧，地球毕竟在时时刻刻的运转。我心里说道。

另外，我知道的一个老作家，今年他的确也没有逃到山区森林里去避暑。

不过，这还刚是9月初，今年要闰月，又是闰农历9月，不知后面天气如何。

但我想，即使再有强烈的天气，也不会温度很高，也不会要热的好长时间的。因为，今年的天气情况，已成定局。

是好的天气！

2014年9月2日　晴见阴天

南坪老区府晚景

每天上班下班，我都要经过南坪老区府。

现在是傍晚 8 点左右，我刚又走到这里。

此时，区府广场，有近 100 人的中年、老年男女在跳坝坝舞。他们正随着音乐欢快的节奏，做作各种姿势舞动着。

他们一致的动作，他们美妙的姿势，以及整个队伍的庞大，这气势，无不吸引着周围行人的眼球，影响着周围行人的情绪。

在广场里，同时还有各自自由闲耍的人们。有陪着小孩嬉闹的，有站在原地摔着双手，双脚随着音乐踏着地面，然后一面又和其他人摆谈的，有打羽毛球的，有小孩相互追逐的。这又是另一番热闹情景。

围住区府广场的人行道上，一股人潮正在流动，沿着这圆的人行道，一圈，两圈地如溪水流着流动着。

这股人潮中，有中青年男女，也有老年男女。

青年男女都穿着，或长裤短袖上衣，或短裤短袖上衣，并都露出洁白的手臂和双腿。他们有的成双成对地并肩小跑着。有的结伴三人四人并排小跑着。也有独自一人小跑着的。另有的就是快步静走，也有大踏步快步走的。

中年妇女和老年妇女，她们大都穿着碎花睡裙，也是露出洁白的手臂和小腿。她们有的结伴一前一后地快速大踏步走着。有的快速小步走着。有的小步均匀地走着，并一面双手有节奏地拍着"啪啪"响的巴掌。

中年和老年男子，他们有的穿着长裤短袖白衫，有的穿着长裤白色褂子上衣，他们有的慢步小跑着，有的快速大踏步走着，也有的快速小步走着。

这股人潮虽然动作不一，但他们都有一个共同的特点，那就是，都是昂头挺胸，都是自由自在地甩着双手，旁若无人地各自按自己喜好的动作往一个方向行走着。

他们就这样保持着自己要做的动作，脚下不停地往前走着，沿着区府广场，一圈，两圈……。

如果你站在高处看，不管是广场上跳坝坝舞的，还是广场上自由活动的，还是沿着区府广场流动的人潮，这一景一景，不但壮观，也令人震撼。

他们显得是那样的休闲自在，又是那样的幸福知足，对生活都充满了无限希望一般！

我知道，在这个时间，人们已是吃过了晚饭的。现在，他们是为了要锻炼锻炼一下自己的身体，活动活动一下自己的筋骨，为了使自己能够在这美好的时代，多活些年辰，多享受些年辰，然后，才走出家门，做自己喜爱的运动的。

没有任何人，任何东西，干扰这些自由运动的人。看，夜，只管静悄悄的，而灯光，也只管自己尽情地闪耀着。

2015 年 6 月 12 日

步行千厮门大桥

　　"走，小玉，你不是一直都关心那解放碑到重庆大剧院的大桥吗？现在它已通车一段时间了，今天我们就看看去。"8 月 29 日周六上午，我对小玉说道。

　　小玉听我说去看解放碑到那江北的新修的大桥，心里自然高兴。

　　"我们看了大桥，再到洪崖洞玩一会儿嘛。"小玉高兴地建议。

　　"好的。"我心情好，就满口答应了。

　　千厮门大桥是 2013 年 12 月开的工。我们发现它在修建时，是在 2014 年春季。那天，我与小玉也是到洪崖洞去游玩。"妈妈，你看，那边在修桥了。"当我们在洪崖洞顶层要拍照时，小玉突然往大剧院方向扭过头去看了惊呼道。

　　我知道，每次我们到洪崖洞玩耍，望了眼前的嘉陵江，就要望对岸江北的重庆大剧院。

　　说来重庆大剧院，不光是它的造型独特吸引人，我们

曾有几次在那里看过戏剧，都是在晚上时间。虽然，戏剧让人看得激动人心，可戏剧完了，因我们住在南坪，要回南坪时，却是一件麻烦事情，原因是，车子不好赶。即使终于赶到了车子，也要经过五里店绕很大一圈子，然后才到南坪。最后下得车还要走很长一段路，才回到家。这时女儿会说："妈妈，幸好票没有要钱，这车票我们两人40元，不然，看一场戏剧，就要花掉好几百元了。"女儿这时还没有上班，我的工资收入一个月才一千余，听女儿这样说后，原本高兴的心里，此时也不由地生出些不快来。

"下次有票我不去了，你一个人去。"见我脸上露出一些不高兴，女儿就说道。

"不去看可惜了，我喜欢看戏剧。"听了女儿说下次不去了，我又怀着另一番心情对女儿说。

在千厮门大桥未修建之前，一次，我们到洪崖洞去玩耍，女儿看着对岸那大剧院说："妈妈，你看那大剧院就在我们眼前，如果这里修座桥，就从这里过去，好近呀，哪里要绕那么大的圈子呢？而且车费也只不过几块钱。"女儿看着对岸的大剧院对我说道。

我非常赞成女儿的说法。

看来女儿心里也会算日常生活的经济账了。

果真，当这大桥开始修建时，女儿就首先发现了它。而且，后来，每次到洪崖洞去玩耍时，我们都要看那大桥修建的进程。

在2014年底的时候，当我与女儿乘车经过黄花园处，坐在旁边的女儿突然对我说："妈妈，你说那大桥好久通车？"

"恐怕要到后年去了，到 2016 年去了，你看现在仅仅两端修好，中间还有那么远的距离。"我看着那正在修建的大桥回答女儿。

不知怎么的，后来，兴许是我们母女俩都在忙，一段时间里，就没有关注那大桥了。

可在 6 月份的一天，女儿突然对我说："妈妈，解放碑那大桥通车了。"

"真的呀？这么快呀！"我听了后既高兴，又惊奇。

此时，我心里有种想去看看的念头，但不知怎么的，却没对女儿说，也没有给女儿提出过。实际上，也未去看。今天不知怎么的，我却有这个强烈的念头了，并把这个想法告诉了女儿。不想女儿当即应许了。看得出来，女儿其实也是想去看的。

的确，从解放碑到江北横跨在嘉陵江上的千厮门嘉陵江大桥，在今年 6 月底就试验通车了。

当我们母女俩来到洪崖洞屋顶处，我们站在屋顶，就首先眺望了那座大桥。

"好雄壮，好有气势，也很现代，好像比以往修建的大桥要简易多了。"我心里轻呼道。

这千厮门大桥整座桥，是钢结构组成。它就是在中央立一根造型铁柱，然后，由铁柱上的无数根钢绳，把两端拉着就成了。

那大桥中央的铁柱，是钢架组成的如女人生殖器般的结构形状，它直指向天空，并稳稳地伫立着。固定在钢柱两面各十根粗壮的钢绳，从短到长，从远到近地牢牢地钳住桥两端。

如是站在不远处的黄花园大桥上看，这千斯门大桥，就如一只展翅欲飞的巨鹰。

大桥为跨江公路和轨道交通两用桥。上层为城市道路桥，下层为双线轨道交通桥。

此时，在大桥上层，虽开往解放碑方向的车流有些堵，开往江北方向的车流却是畅通无阻的。

在那下层，过几分钟就会看见有轨道交通车飞驰地"嗖嗖"而过。轨道交通车在开过时，那轨道会发出"轰隆！轰隆！"的声响。

再看那桥下，明净的嘉陵江水，正荡着微波习习地淌流着。江面上，不时地有船只正自由昂然地来往穿行。"好一幅繁忙的具有时代气息的图画！"见此情景，我心里不禁叹道。

"走，小玉，我们到桥上去走走，去感受一回。"我高兴地对女儿说道。

"要得，走嘛。"女儿欢快地答应了。看来她心里也有这个兴致的，只是没有说出来。

于是我们从洪崖洞屋面端头的一螺旋梯，往下走着来到大桥端头。

"大桥全长720米。"我站在端头，仰头看见桥上一块招牌上写着这样的字。

"现在是 3 点 46 分，这 720 米长的大桥，我们走完，看能花多少时间。"我对身旁的女儿说道。

因这时天上还是微微的太阳照着，我们打着伞，开始沿着桥漫步向江北方向桥端头走去。

"咦！大剧院方向的天空怎么是阴着的，是不是那方向在下雨了。"当我们漫步走到桥中央时，我对女儿说道。

女儿没有正面回答我，而是说："妈妈，我们该走那边的人行道，好仔细看看大剧院整个的形状。"

"可是走到这个地方怎么过去，只有到了那边端头再说。"我笑着回答女儿。

此时，身旁堵塞着的车流，开始缓慢开动。我举着伞，与女儿并肩走在这座雄伟的新桥上，一边漫步走着，一边摆着笑话。

此时，风儿正欢快地吹着，使得我们的衣服随风飘扬，我们的头发也随风飞扬。我们的心情却是倍感徜徉。

我们怀着这徜徉的心情，不时地看着嘉陵江，以及欣赏着嘉陵江两岸那琳琅满目的楼群。

"这座桥，把解放碑和江北两块'长满茂盛的楼群的富裕之地'紧紧地联结起来了，从而方便了它们的往来。"此时，我在心里默默地说道。

"妈妈，这人行道有弹性。"旁边女儿突然欢快地对我说。

"它不像其它大桥人行道，用钢筋混凝土做成，也许

是用一种较轻的特殊的材质做成的吧。"我看着人行道对女儿说道。

因此时，正好有轨道车开过，在轨道车开过时，我们的身子都在上下颤动着，而脚步，更是感觉在弹跳着走着。

轨道车不时发出"轰隆！轰隆！"的声响，这声响有些大。

"妈妈，我感觉就像火车开过一样。"女儿大笑着加大声音对我说。

看来，在这大桥上走着，真是让人感觉有些别样，有些兴奋呀！

此时，我不由得想到了老家。因老家就在铁路旁边，每每上街什么的，都要从铁路经过。在躲避火车时，就是这种感觉。

所以，此时，走在这千厮门大桥上，还感觉一丝亲切呢。

当我们走过桥中央，开往解放碑方向的车也不堵塞了，汽车都畅通无阻地向前开着。

11分钟后，我们来到了江北方向的桥端头。

"啊，只走了11分钟，那今后到大剧院看戏，真是太方便了。"女儿高兴地说了一句。

谁说不是，这得节约多少时间，节约多少钱呀！

女儿要拍照，于是，我收了伞，让女儿面向江北，背向解放碑，摆着姿势。等女儿摆好姿势，我就给她拍照。

哪知，在拍第三张时，突然，狂风大作，大雨倾注。

这时是4点过4分。

"呀！快，走，我们往回走了。"我捡起搁在地上的伞，然后大声对女儿说道。

"妈妈，你把伞打着，雨大了。"跑在我旁边的女儿对我说道。

"风太大了，我怕它把伞吹到桥下了。"我大声对女儿说道。

就这样，我与女儿开始一前一后地在大桥上往解放碑方向跑着。

等过了桥中央，我感觉风已是吹得不大了，方才把手中的伞撑着。

此时，雨被风吹着，从大剧院方向斜着往这边追逐下着。我把伞迎着风吹着的方向斜撑着，但伞只能遮住我的头和上身，而下身完全被雨打湿。女儿在我右手身边，除了我的身子挡住她的身子淋不到雨外，其余都被雨淋着了。

奇怪的是，我明明看见在洪崖洞上空和黄花园方向上空，是有些灿烂的太阳光，这边却是阴天，并下着雨吹着风。

"妈妈，那边是不是没有下雨？"女儿也奇怪地问。

"不知道。"我疑虑地回答。

"如那边在下，那就是下的太阳雨了。如那边没下，而这边下，那就是天老爷在作弄我们了。"我在心里独自自语说。

我们把小跑变成快速地大步往前走。

当快要到解放碑桥端头时，我惊奇地发现，在洪崖洞桥端头处的亭子屋面上，那挂在亭子屋檐四角的四串红灯

笼，挨着桥这边的两串，被风吹的不停地左右摇摆着，或不停地上下颤动着，而另外两串却是纹丝不动。

我们终于到了解放碑这边的桥端头。也许我们是跑了一段距离，后来又快速地走着，到桥端头时，看时间是4点12分。

我们按事先说好的，看了大桥，要到洪崖洞游玩一会儿。

我们来到红崖洞坐着电梯到三楼游玩一会儿。来到四楼时，下雨的地方，雨停下了。

2015 年 8 月 31 日　太阳　盛迪亚

第四章　葬猫

一

家里只有我和女儿两人在一起生活着。

女儿已快18岁了，按道理，她是应该还在学校读书的，然而，她却已在一家单位实习上班了。不仅如此，她中午还在单位吃饭，晚上才回家。

因我也在一家单位上班，午饭也并在单位吃，以至于家里白天时是没有人的，只有到了晚上，我母女俩都下班了才回到家，才共同在家里呆一晚上。

于是，每天，我们晚上回到家，便一起煮饭，一起吃饭。

在这过程中，我们母女俩会在一起摆谈一些话。如她摆她单位发生的事情，而我，则摆我白天遇见的事情。

有埋怨，有不平，当然，也有搞笑的事情。

对埋怨和不平的事情，我们就嗤之以鼻。

对搞笑的事情，我们会编着让它更觉搞笑。我们说着说着，都会笑得弯腰驼背。

有时在吃饭，一面看电视新闻时，会对某个外国首脑发表一个搞笑的看法，也会由此笑得弯腰驼背。

等晚饭吃完了，我俩的摆谈就结束了，我们相互就几

乎不说话了，就各自干各自的事情。

女儿看书，我呢，也做我的事情。

然后到睡觉之前到卫生间洗刷时，我们相互要说上几句话。

"洗好没有？"我问在卫生间的女儿。

"洗好了。"或者"还没有。"女儿在卫生间里回答我。到了睡觉的时候，我们又各自要说一句话。

"晚安，妈妈。"女儿说。

"晚安，女儿。"我回答她。

我们每天一如既往地这样生活着，家里几乎没有其他人光临，也就没有其他令人激动人心的事情发生。

我原本是图个清静的人，但长时间的这样清静，心里不免感觉有些无趣，也有些无聊，更有些寂寞。在没有与女儿谈话的时候，我就在自己的卧室里用看书来打发时间，与书中人物、情节起起伏伏，和共鸣。

女儿没有与我说话时，她也是独自呆在她的卧室里，虽然也是看她的书，但大多时候，我发现她就是沉默不语，仿佛独自处在一种自闭状态，把她这个年龄活泼、粉彩的心埋没了起来。

"这可不行，虽然女儿开始上班了，在单位能接触一些人，在做一些事，在完成她陌生的工作，并从中能生出一些色彩。但我知道，在家里的心情，会影响她在单位的心情的。家里总得有些渲染的气氛才是，我们这个家总得有些其他生活色彩才是。"我有时这样想道。

二

在家里养宠物，我是反对的。

但养宠物，的确也能给人增添些生活色彩，这点我是承认的。

我曾想着买只动物作宠物来养，狗么，猫么，我曾反复在权衡。但因无时间、无精力、无条件，就一次次地放弃买了。

三

4月28日傍晚，我与女儿下了班，走在一起往家里赶。

在经过南坪步行街街口时，我猛然看见一个卖小猫咪的女贩。只见在她面前的小笼子里，有几只黄色、白色和黑色的小猫，它们正精灵一般在笼子里嬉闹着，玩耍着，很是自在，很是活跃，很是有趣。

我不由得走上前去观看，女儿也跟了上来。

"买只回去嘛，你看这只猫多可爱，一只眼睛蓝色，一只眼睛黄色。"当我和女儿走过去刚蹲下，痴痴地看着笼子里的几只小猫嬉闹时，女贩就用一只手摆弄着一只全身白色的小猫说道。

只见这只白色的小猫，身长有 15 厘米，尾巴长有 12 厘米，身高有 11 厘米，圆脑袋，丰满的脸庞，一对小眼睛，

圆圆的，黝黑明亮。身上没有一丝其它的杂色毛质，全身白色。

"它多大了？这么小。"我指着这只全身白色的小猫问道。

"快两岁了。"女贩回答。

这只小猫是短身材，长尾巴，丰满的面庞，圆圆的眼睛，黑黝黝的，很可爱。

女儿此时在一旁正专注地用手抚摸着这只小猫，脸上洋溢着欢喜的微笑。见她那神态，心想她已是对这小猫显得很是爱不释手了。

"你卖多少钱。"我问。

"120元。"女贩回答。

"120元？可以再少点吧？"我脸上现出犹豫。

"你安心要，可以少点。"女贩说。

"你最低多少？"我又问。

"它最少都要60元。"旁边一位年纪大一点的妇女帮着回答。

"我上次买时，一个大姐25元都愿意卖给我，你怎么要60元？"我故意说道。

说完，我起身，喊了女儿一声，就走了。

大概走了有二十步远，那小猫的一双黝黑的小眼睛，一闪一闪地在我眼前闪动。我又回头去对女贩大声说："我给你30元，你卖给我。"

"不卖，至少要50元。"女贩也大声说道。

我和女儿又转身走了。

走了大概有 100 米远，我对女儿说："我去给她添 5 块钱，她实在不卖，就算了。"

女儿看着我，十分惊讶道："您确定要买它？""嗯，我有这个想法。"我肯定地对女儿说。

于是，我俩又回转身去，走到女贩处，我说："我给你添 5 块钱，35 元，你卖给我，算我与它的缘分。"

女贩见我真心要买，犹豫着，最后勉强卖给了我。

四

在我付钱的当儿，女儿就迫不及待地抱起了小猫咪，然后既惊喜又害怕地开始摆弄着它，显得不知所措地一阵忙碌。

小猫咪则在女儿不知所措的摆弄下，也惊慌失措地"喵！喵！"声声柔声叫唤着，仿佛它不喜欢这个陌生的小主人如此待遇它。

当这只小猫属于了我们时，我与女儿都显出了相同的心情，那就是自豪和欣慰。

在回家的沿途，女儿轻轻地托抱住小猫，小猫在她的怀里，时不时地"喵！喵！"叫两声，并把身子转来转去，好像它此时很不舒服，并有些害怕，想挣脱她的怀抱，然后逃脱的样子。小猫如此动作，使得女儿既惊慌又更是兴奋。

"嘻嘻，嘻嘻，哎呀，妈妈，你看它……"女儿开始欢快地笑着，并主动和我说的话也多了起来。平常从未听到过她说的话，此时，也从她的嘴里喷了出来。

"这只猫咪太瘦小了，给它吃什么呢？不如我们到义乌超市去给它买猫食吧。"女儿把小猫咪小心翼翼地抱在她的胸前，看着胸前的小猫一面对我说道。

"不着急去买，家里前天买的鱼还有，先喂它鱼。"我说。

"给它吃鱼，它吃吗？""它是公的还是母的？"女儿仍看着怀里转来转去的小猫，开心地很随意地问道。

"啊！她怎么问这个问题？"我听了女儿的问话，不禁十分惊讶地扭过头去看了她一眼。

这个17岁的姑娘怎么会问这个问题，这真是出乎我的意料，平常保守得好像什么都不知道的她。单纯得好像温室里面正在成长的小苗。在学校时，从不和男生交往，也不主动约同学，并且周末整天待在家里，总要脚跟脚地跟着我。跟她说话时，很难从她嘴里听到生活当中，或者是异性之间交往的话。我曾担心她总长不大呢。现在，现在怎么从她的小嘴里吐出"公的母的"来了呢？在她的脑海里，这"公的母的"到底是什么概念呢？

听了女儿无意间这样的问话，我心里十分惊奇。

"这个我也不懂，等它长大一点后，我们去找专家来辨别了。"我显得很随便地随口回答。

路上，我与女儿就一直围绕着这只猫咪，摆谈着。

小猫咪在女儿的胸前，也时不时地"喵喵"叫着，渐渐地，只见它比先前安静了许多，也不再把那小身子转来转去，想要挣脱出去，而是任由这个陌生的小主人抱着。

兴许它已熟悉了抱着它的人的气味，知道抱着它的人是喜欢它的，对它没有任何恶意。用它那双黝黑的小眼睛，开始正眼看抱着它的人了，仿佛在辨别这个陌生人到底是什么样的人。

此时它的叫声也显得柔和温顺、清脆娇柔了许多。

伴着这叫声，我俩心情都欢快了起来，并加快了脚步，往家中赶。

五

当回到家中，我与女儿都忙碌了起来。

女儿抱着小猫咪，站在进门过道处，只是一心地逗弄它。小猫咪在她的怀里，是伸长了脖子，睁大圆圆的小眼睛好奇地向四周看着，并时不时地"喵喵"叫着，仿佛对着这陌生的环境，很想迫切地知道它的一切。

"欢迎小猫咪来到我们的家。"我走进屋时，用手摸了一下在女儿怀中的小猫，欢欣地说道。

我带着欢快的心情，快速地换了拖鞋，快速地把手提包搁放在卧室。然后，在门口鞋架上找出一个新的鞋盒子，搁放在门口过道处，并用一块带棉的白布铺到盒子里。

当这些做停当后，我又找来一根红色绳索。

"来，把它放下来，我们把它套上几天，等它熟悉我们和这个环境后，然后才放它在屋里任意走动。"我从女儿怀中接过小猫咪道。

"妈妈，先给它洗个澡行吗？"女儿用手抚摸着仍在往四周观看着的猫咪说。

洗澡，哈，这个我还没想到，女儿却想到了。

"好的，我来给它洗。"我说着，就把小猫咪双手拿着，然后走进厕所里。

"妈妈，洗完澡后，要用吹风机给它吹干，天冷。"女儿在外面过道处大声喊着对我说。

哈，原来女儿脑瓜子比我灵光，并且，她好像这方面比我的经验还丰富呢？她是怎么想出来的，这让我感到有些惊奇。不过，还亏她想得出来，想得周到。

"哈哈，好主意，那你去把吹风机拿来。"我听了女儿这个建议，惊喜地回答。

说实话，平常，对于女儿，我会经常对她说一句话：人是很聪明的，是很伟大的，只要你肯动脑子，什么事都可以想得到，并做得到的。你看你怎么就那么不愿意灵活点呢？不愿意把你那小脑袋动一动呢？

而现在，我真没想到呀！因这只猫咪，女儿此时的脑瓜子，却是如此的灵活。这么多年来，我还是第一次发现了，原来她脑瓜子是很活跃的。

——是因为这只小猫咪的可爱激活了她的灵性吗？

我先在洗衣池里放了温热的水，并在水里搁上洗浴液，用手搅拌两下，然后，用左手握住猫咪的脖子，右手往猫咪身上浇着水，并轻轻在它身上搓揉着；而后，又换着用右手握住猫咪的脖子，左手往猫咪身上浇着水，并轻轻在它身上搓揉着。

"来，猫咪，我给你洗洗，给你洗的白白的。"我一面洗一面对猫咪说道。

这个小家伙看来并不是很喜欢水，只见它前面两只脚奋力地伸着，仿佛要抓住什么东西来保护自己一般。而后两只腿只顾乱蹬着池底，嘴里叫声一声紧一声，并撕裂般，并拖得长长的，仿佛它遇着了危险，在奋力挣扎。而一双黝黑的圆眼睛，也显得惊恐万状。

"别怕，我给你洗澡澡，把身上洗干净洁白一些。"我用手轻轻拍了一下它的小脑袋说道。

"妈妈，要不要我来帮你。"这时，女儿走进厕所里问道。

"好的，你把那淋浴器开着，把水温调的温温的，然后，对着这小家伙身上冲洗冲洗。"我扭过头对女儿说道。

于是，女儿照着我说的，拿起调好的淋浴器，对着四条腿仍在乱舞，小嘴张着叫唤的小猫咪一阵冲洗。

"哈，洗好了。"女儿关了淋浴器，欢快地叫道。

我俩为小猫咪洗好了澡，我并把它放进原来用来装鸟的鸟笼里。然后，接过女儿递给我的吹风机，对着笼子里那轮廓分明，还能看见粉红肉色，如大耗子般大小的小家伙，一阵吹着。

兴许，小猫咪从未受过如此惊吓，当我拿着吹风机，对着那它瑟瑟发抖、粉红的、肌骨凸显的小身子吹时，它惊吓得在笼子里乱转乱抓着，从这处跳到那处，并紧紧地抓在壁上，像巴壁虎一样，又并"嘴嘴"直叫着求救。

"妈妈，你还是把它放出来，我抱着它，你来吹吧。你这样吹它，它害怕，太可怜了。"女儿站在旁边，可怜巴巴地对我说。

原来女儿是有爱心的，平常，她给我一道赶车时，她总是站着，但一旦坐下了，谁都不让，也包括我。以至于，我对她说过多次，做人一定要有爱心，乘车时，见了老年人和病人残疾人要让座。但女儿仍是我行我素，使得我心里凉了半截。心想，养了一个没有爱心的女儿，心肠如此硬的女儿，我今后可怎么办呀？

现在，她居然对这个小精灵般的小猫咪却如此有爱心。

——这，到底是什么原因呢？

"万一它抓着你咋办？这是五月天气，并不冷，我给它稍稍的吹一下就行了。你不用抱着。"因我担心小猫咪刚买来，对我们还很陌生，稍有不慎，它就会发怒伤人，于是一面吹着一面对女儿说道。

小猫咪在笼子里仍"喵喵"地撕裂地叫个不停，见此情形，我停止了，就把它抓了出来，然后，放到给铺好的盒子里。

小家伙这才安静了下来。

"等你身上干了后，再用绳索把你套上。"我站起身对着盒子里的小猫咪说道。

"妈妈，不套它行不行嘛？你把它套上，好像它是罪人一样。"女儿看着我可怜巴巴地央求道。

罪人一样，这又是怎么回事，难道在女儿的脑海里，只有罪人才被捆绑着的吗？这个概念她又从哪里得来的呢？从电视里吗？这17年来，看来她是真正知道了一些东西的，我却还用她一点没有长大，什么事又都不知道的眼光看她。

"你不懂，它是动物，它刚来，它不了解我们，我们也不了解它；另外，让它任意乱跑，万一它到处拉屎拉尿怎么办？所以，我们得暂时先把它套一段时间，让它熟悉了，养成习惯了，然后再放它。"我对女儿说道。

"哦。"女儿哦了一声，就往自己的卧室走去。而我准备到厨房去。

六

在我转身往厨房去的当儿，我发现女儿这时却在她的卧室里默默地坐着。

"小玉，你去下面条，我给小猫咪弄点吃的，它定是饿了。"我一面在冰箱里取鱼，一面对坐在卧室里的女儿说。

女儿并没有回答我的话，却独自默默无声地从她卧室走出，然后到厨房里下面条了。

我把煮好的鱼搁放到小猫咪的碗里，然后，用红绳子

把小猫咪套上，因我担心它会到处走动弄脏了家什。

"饿了，吃饭吧。"我对小猫咪说道。

在我和女儿一起在我卧室吃着面条看着电视时，女儿一直默默无语，只是埋头吃碗里的面。

"喵！喵！""喵！喵！"这时从过道处，传来小猫咪偶尔的叫声。

"怎么啦，小猫咪，你碗里不是有吃的么？"我扭过头对过道处说道。

坐在旁边的女儿没有说话，仍是埋着头吃她的饭。

"怎么了，不说话？"我扭过头来看着旁边的女儿问。

女儿仍然不与我说话。

"到底是因为什么原因，你总得说出来，不是说好的吗？心里有什么话就说出来，你不说出来，我心里也要受影响的。"我一面吃着饭一面对女儿说道。

"它这么小，你把它放在笼子里，这样给它吹风，太残忍了。"女儿一字一句地说。

"你……你怎么说我残忍呢？我把它放在笼子里吹，是为了我们的安全起见，假如我们抱着它吹，万一它受了惊吓，咬了我们，或者抓了我们，动物那牙齿和爪牙是有毒的，那我们咋办？你不了解这些。你怎么用残忍一词在我头上呢？我问你，什么叫残忍……"我加大了声音说道。

"小玉，我告诉你，我们养动物，只要我们友好对待它，给它吃饱，身上经常给它洗干净，就行了。不能处处太在乎了，否则，处处太娇惯了，对它不好，对我们人也不好。"

我又放低了声音，也一字一句地对女儿说。

我对女儿这样说了一通自认为的道理，女儿听了似乎也觉在理，脸上又苏展开了。

"喵！"小家伙偶要叫唤一声，我扭过头去，只见它这时蹲在盒子里，正十分认真地用它的舌头舔着它身上。舔它的胸前，舔它的上身，舔它的四条小腿。

我看了一阵，扭过头来，继续吃我的饭。

"得给这个小家伙取个名字才是。"我对女儿说。

"取名字？取啥子名字嘛？"女儿看了我一眼，又看了一眼仍在舔着身上的小猫咪说。

女儿问这话时，我没有回答。我们俩都沉默一会儿，我们都在各自想着取怎样的名字。

"福星。"我对女儿说，就叫这个名字。

"为什么取这个名字呀？"女儿不解地问。

"这个名字，不但是我们希望它好，也希望它给我们带来福气和欢喜。"我回答女儿道。

七

在我们准备睡觉之前，我和女儿来到盒子旁边，见小猫咪已是全身干了，因它是全身毛质都是纯白的，经这样一洗后，此时，显得更是全身洁白，毛发松茸，小小的脑袋，一双黑黝黝的大眼睛，一眨一眨地闪动着，小尾巴翘着，偶尔摇摆一下，发出清脆轻柔的声音，非常可爱。

　　见此，我就用"福星"这个名字呼唤它，并逗弄着它。女儿也在一旁逗弄它。

　　小家伙很聪明，见我们逗弄它，就从盒子里轻逸地缓步走出来。

　　然后，"喵……！喵……！"地时不时地叫唤着，并一面扬头把我看看，又把女儿看看。它仿佛在辨别着什么。

　　兴许是我刚才抱着给它洗了澡，又喂它吃了饭，它在跨出盒子，轻逸地走出来时，到我与女儿脚下中间站定，然后，扬着头，眨着小圆眼睛看来看去。最后，只见它好像决定好了。

　　于是，它先走到我脚旁，一面"喵！喵！"叫着，一面在我脚边闻闻，并用小脑袋在脚上磨蹭着。仿佛在表达它对我这个新主人的亲密无间。

　　女儿见小猫咪只在我脚旁撒娇，那样子让她十分嫉妒。于是，她嘴里不停地唤着小猫咪。

　　福星听到女儿在唤它，就丢下我，就往女儿脚旁走去。

　　它同样一面轻声娇柔地叫着，一面在女儿的脚边闻闻，又用小脑袋在她脚上磨蹭着。

　　"呀！好痒痒呀！"女儿轻轻跳了一下，嘴里轻呼了一声，并立马弯下腰，用手抚摸着小猫咪，嘻嘻地不停地笑着。

　　"福星，福星，乖。"女儿一面抚摸着福星，一面欢喜地说着。

　　我得承认，虽然，我与女儿相依为命地生活着，但当我们在一处时，我很少显得很亲密地去爱抚她，如她委屈时，去拥抱她呀，或者拍拍她的肩膀呀，我都没有过。我的想法是，一定要锻炼她的坚强。

——兴许她的心肠硬，就是这样来的。

我知道，其实女儿是需要这些东西的，可我就是不给她。难怪，当我为她买什么，为她做什么时，她从不向我说声"谢谢！"也没有感激和欢快的表情。对此，我还抱怨过她，说她没良心。

而现在，小猫咪在她脚上磨蹭，与她亲热，女儿显得是如此的欢快呀！她也回报着小猫咪，她用手轻轻地抚摸着小猫咪的小脑袋和身子，脸上洋溢着无限的柔美和爱心。

看得出，就小猫咪这一举动，让女儿就已喜欢上了它，并和它产生了无形的亲密关系。

看来，有了这小猫咪，女儿不会再感到寂寞无聊了。而我从中也得到了乐趣。

"好了，我们早点睡觉，明天我们还要上班呢。"我对女儿说。

小家伙很有灵性，见我们关灯上床睡觉了，它就到盒子里了，也蜷着不吭声，就静静地躺着也睡了。

八

第二天早上，当我起床时，福星听到了响动，就"喵！……喵！……"地叫着，仿佛与我打招呼。

女儿在上班出门时，先对我说："我走了。"然后又对着福星说了声"拜拜！"往常，女儿出门时，虽然要对我说声"我走了。"但她那腔调是生硬的，是勉强的，是为了敷衍而已。

而现在，就我听来，她是发自内心的，是真心诚意的。

我在临出门之前，为福星准备了一些鱼和炒蛋搁放到碗里。旁边并放了一个装着水的小碗。

当我只做完这些后，我打开门，准备出门。在过道处转悠的福星，见我开了门，只扭过头把我看着，没有走过来。大概它是没有意识到我这个主人要出门，留它独自在家里吧。我关了过道处的灯，把福星看了一眼，然后把门一关，就把这个小家伙独自留在了漆黑的屋里，出门了。

"喵！……"在我下楼之时，我听到了福星在门口叫唤的声音。

九

中午的时候，我与女儿打了个电话，问她今天加不加班。女儿说啥子事嘛。我说，假如你早点下班的话，在南坪步行街义乌超市里去买一袋猫食。

女儿回答我，她要到我办公室来等着我一起回家，一起去买那猫食。我说，好嘛。就挂了。

当我与女儿到达步行街时，女儿告诉我，说新世纪超市里也有。我说，那我们就到新世纪去买，超市里的东西质量好一些。

虽然，我们母女俩的经济一点也不宽裕，但我们还是为福星买了一袋 18 元的两个月大小的小猫吃的猫食。

在回家的路上，我和女儿都摆着福星的话，如，不知道它吃了那碗里的鱼没有，不知道它吃饱没有。不知道它拉屎拉尿没有，不知道它拉在了哪里。不知道它独自在家是否寂寞无趣。等等。

"你该给你搁点水在旁边。"女儿说。

"我搁了的。"我回答

"现在好了，给它买了猫食，它吃了，定会长得胖胖的。"我说。

"不晓得一天喂它几次？一次喂它多少？明天我在百度上去搜索一下。"女儿说。

这句话倒符合新时代的人，有什么不懂的，就到百度上去搜索。这点女儿也不例外。但我却是第一次听她这么说。

"给它多搁点在碗里，它饿了就吃，让它随便。"我说。

我说这句话是很不负责的，说明我在方面是很无知的。女儿听了没有回答我。

我们这样摆谈着，不觉就到家了。

"喵！喵！""喵！喵！"女儿在开门时，屋里的福星仿佛是知道它的主人回家了，就在里面一声一声叫着。

"福星，福星"，我们一面开门，一面也呼唤着它。

"啊！它脖子上的绳索挣脱了。"女儿进门开了壁灯，

见了说道。

"还真是的。"我在后面进了屋，见果真如此，就把头伸了往厕所门口处的挂衣架看。只见衣架脚处，绳索缠了几圈。

"看来，这绳索是福星缠在衣架脚上面硬挣脱的。幸好它挣脱了，不然，会把它缠背气的……"我既心疼又万幸地说道。

这时，只看见福星十分潇洒地在过道处向我们走来，并扬着头看着我们"喵！喵！"地叫着。那样子，很是欢快，仿佛终于等到主人回家，又见到主人了。

"福星，你真是万幸啊！"我弯下腰抚摸了一下小猫咪的头，说道。

女儿进屋，把她的提包放在门口的鞋架上，就弯下腰去逗弄福星了。

"看来这个小家伙，是提前拜访了我们家里的每个角落了，你看它潇洒那个样，得意那个样。"我一面向卧室走去，一面笑着对女儿说。

"不知它到床上去没有？"女儿说。

"应该不会，床这么高，它这么小小的身子。"我笑着回答。

十

我把手提包放到卧室里，就到厕所门口，把缠在那衣架脚的绳索取出。

"我来给福星洗澡，它身上定是折腾脏了的。"我走出厕所门口，对仍蹲着逗弄福星的女儿说道。

"你洗了，我看最好是拿一件不要的旧衣服给它身上擦干，要得不，妈妈？"女儿站起身说。

女儿又提出了一个新问题，这个我也没有想到。

"原来女儿是如此机灵呀！"我在心里赞叹道。

"今天这个天气，白天近30度，晚上这时也不怎么有凉意，我看不必，洗完了，就把它放盒子里就是，让它自然干。"我回答女儿。

我这样说，女儿没有说什么。通常情况下，女儿对我的提议没有反应，说明她心里是反抗的，不接受的，只是她不愿意说出来罢了。

"哎呀，它拉了大便的，妈妈。"当我把福星双手托着往厕所里走时，听到女儿大声说道。

"在哪里？"我走出来一面寻一面问。

"你看在这门口角落的这个小坑里。"女儿皱着眉头指着说。

"哎呀，还是干的，看来它的胃正常。它第一次拉在这里，往后，是不是都拉在这里了？不过，它拉在这里也没有多大妨碍，我们还能看得见。你赶快把它清理一下。"我说完，就把福星托着到厕所里洗澡。

我用温热水快速地给它洗着。小家伙受不了这个惊吓，不停地挣扎着，叫着。当我认为洗干净了，就用手轻轻捏

它身上的毛的水，双手抱着它抖擞几下，然后，抱着走出厕所，用女儿准备好的吹风机，一手托着它，一手给它吹。等吹了个大致，就放到盒子里。

"这个小家伙真有些麻烦，不但要给它洗澡，还得为它打扫卫生，唉，如此为它花这些宝贵时间，简直是浪费。"我心里有点抱怨地说了一句。

在我们到我卧室吃晚饭时，小家伙身上已是干了。

兴许，它对我们为它做的事情，就对我们有些亲近了。在我们吃饭时，它走出盒子，然后，来到我卧室门口站着，看着我们"喵！""喵！"地叫着。

它叫着叫着，就要向我们走来。然而，它脖子上是套着绳子的，它就用力往前奔。它越是用力，脖子上的绳子就越是奔的直。

它奋力奔着但始终在原地，无法到我们面前来。它没有办法，它显得很无奈，也很恼火。它开始张大那小嘴巴，看着我们大声地"喵！喵！"叫着。它是在向我们求救。

我们没有理它。只见它继续奋力地往我们方向奔着，像纤夫拉船的样子，全身都显得有力，并硬硬的样子。硬硬的身子，直直的四条小腿，硬硬竖着的小尾巴。它在用全力往我们方向奔时，拉直了的绳子拉着它，使得它那四条小腿不停地在地面上要往后面滑动，它仍是继续往前奔。

我们仍然没有理它。

它仍然奋力地奔着，叫唤着。

大概是奔累了，或者是，见我们没有要为它解绳索的行为，它就来软的。

只见它，后双腿趴在地上，屁股就坐在地上，而前双腿并拢，然后，直直地把身子支撑着，抬着头，一双黑溜溜的眼睛，温柔地，亲密地，很有礼节地看着我们。然后，一声一声"喵！""喵！"轻轻、脆声地叫着。

那极小的、雪白绒绒的，前双腿直直的撑着身子蹲着的，做作十分有礼节的个儿，让人看了，十分可人。

"妈，你看它好可怜哦！""妈，你看它好可爱哦！"女儿在旁边盯着福星说道。

"的确也是。"我心里赞同道。

我也知道女儿的意思，她是希望我能把福星放了的。

可我想，让它多套几天，好养成就在那个地方拉大小便的习惯，不然，它会走到哪里，就在哪里拉的，那我这屋还像是人住的么。所以，我硬着心肠没有放它。

"来，宝贝，我再喂你一点吃的，就在这个地方，再过两天我再放你。"我端着饭碗走到它的饭碗前，给它碗里搁了几点细细的碎肉。

福星见我起身，它也站起身，然后，跟着我走到它的碗前，它就埋头在碗里吃。它埋头吃时，我重新回到吃饭的地方。

十一

"喵！""喵！"我刚坐下，小家伙又在不远处，前

双腿并拢，又直直地支撑着身子，又像刚才那般，很有礼节地坐在那里，看着我们一声一声地叫着。

我们仍没有理它。

兴许叫累了，或者，见我们的确没有理它的意思，它就开始使另外一个花招，耍着赖来。只见它把前双腿拉直了趴在地上了，然后，身子也趴着拉直，把后两腿压在身子下面，把小脑袋深深地埋进前双腿圈里。它这样做作姿势躺着地上，不看我们，也不叫了，来个也不理我们。

"哎呀，这个家伙真是调皮，你看它这个样子，叫人怎么说它好。"我扭头看着它那样子，爱怜地说道。我同时"福星、福星"叫了它两声。

"妈，你看它还是不理了，它是不是生我们的气了？"女儿笑着说道。

"福星，福星，"我不死心，我看着它又大声地连续地再叫。

"喵！""喵！"看来这小家伙拗不过我们，兴许是我连续叫它，这小家伙就仰起头来轻声地回应我。

我继续叫，它看着我也就"喵！喵！"地继续答应。

我叫的大声，它也跟着来劲地答应的大声。

我停下不叫它了，它看着我们又偶尔地轻轻地叫着。

我们又长久地不理它，它又四条腿伸着趴在地上，把身子也拉伸，然后，把小脑袋又倦在前双腿圈里了，又不理我们了。

"它真像一个调皮的小孩子一样。"我和女儿坐在沙发上，在吃饭当儿，一致地扭头看着它，并这样说它。

后来，让人感到奇怪的是，我和女儿分别在各自的房间做自己的事情时，如我们偶尔说话，它就"喵！""喵！"地叫。如我们不说话，它也就悄悄地卷躺在盒子里。

如果，我们长时间没有说话，灯仍是开着的，它就走出盒子，一会儿在女儿的卧室门口，看着女儿"喵！""喵！"地叫两声。见女儿不理它，又走到我卧室门口，看着我，"喵！""喵！"地叫两声。

这样反复重复着。直到我们俩都各自关灯睡了，它才重新走进盒子里去，才又不吱声了。

十二

第二天早上，女儿怀着欢喜的心情上班去了。

在她出门时，她先对我说："我走了。"然后对小猫咪说："拜拜！"关了门，只听着她欢快地跑着下楼走了。

我要呆会儿再出门。

在我出门之前，我把厕所门口的衣架，放到了厕所最里面。

我在把衣架换个位置搁放时，福星轻声地"喵！""喵！"叫着，并跟着我进了厕所。

因厕所的蹲位离厕所门口不远，不知怎么的，这时，我看见福星站在蹲位边沿，低头好奇地看着下水道深深黑黑的洞口，"喵！""喵！"轻声地叫着。

"哦，我得去拿张报纸把那黑洞洞堵上，万一你这小个儿掉到里面去，真没任何办法了。"看着福星好奇地只顾往蹲位下水道看，我心里这样想着，就到女儿卧室里取了一张报纸，把它揉成一个纸团，并把那洞口塞住。

然而，福星，并未走开，它仍在蹲位边沿，轻柔地迈着四条小腿儿，来回走着，而那小脑袋，仍低着看着那蹲位槽里。

"哎呀，这槽里有水，万一你掉到槽里，定会打湿一身，又弄脏一身，那不是又得给你洗澡吗？不行，我得把这蹲位也盖了才好。"见福星围着蹲位看着蹲位槽里的水叫着，我这样想时，就把过道上的一块见方30厘米的瓷砖，拿来盖在蹲位上面。

"这下该万无一失了。"我心里在想这句话时，就出厕所了。

而福星也跟着我脚后跟出了厕所。

我再四处看看，我确定我做好了一切后，准备出门。

当我打开门，换鞋子准备出门时，福星迈着轻逸的小腿走到我脚旁，并用头亲热地磨蹭着我的脚背，然后，用前双腿抓我的鞋带，仿佛是制止我出门一般。

"我要上班了，福星，你就在家里。"我站起身看着福星说道。

我穿戴整齐，跨出门，这时，福星却极快地跟着追到门口，并也跨出了门槛。这样子，仿佛它是要跟着我出门的。

"快进屋。"我这样说时，把福星拉进了屋，然后，把门口的壁灯关了。

在我关门的瞬间，在漆黑的屋里，那个小白点闪着明亮的眼睛，站在门口看着我，显得是那样的孤寂无奈。

我关上门出门了。

后来，我在路上想，这小家伙真聪敏，是它指挥我把蹲位下水洞口堵住，把蹲位盖上的。想到这里，我才打心底里真喜爱上了这只小猫咪，并且，对动物也有了更进一步的认识。

十三

明天就是五月一号，也就是五一节假期了。

下午下了班，女儿和我走在一起，乘坐322班车回南坪。在我们上车时，见只有一个空位置。我像往常一样，并没有急着要坐，而是让女儿去坐。

"妈妈，你坐噻。"女儿往一边站去时，对我说道。

"哎呀，你坐嘛，我在办公室坐了一天了，想站一站。"我一边坐下一边说道。

女儿没有说什么，就在我旁边站着。

班车很快到了南坪，我俩下得车，就怀着别样的心情，一路畅快地摆谈着往家赶。我们共同的心情，和共同最多的语言，就是家里的福星。

我们摆谈着，仿佛是在摆谈家里的一个成员，摆谈这个成员的可爱之处，摆谈它的一举一动，以及那如此令人

怜爱之处。

到了家门口，走在后面的女儿，抢前一步要开门。

"喵！""喵！"，在我俩都来到离门口有两米时，就已听到福星在屋里轻柔的叫声。

"妈，它好像晓得是我们回来了。"女儿一面开门，一面欢快地说。

"这个小家伙……"我听到那叫声，心里不禁一阵暖流，然后，随女儿快步跨进屋里。

"福星，福星，"我和女儿进了屋，同时叫道。在黑暗中，只见一个白色点儿，踏着轻柔的步伐，向我们迎来。嘴里还不停地轻柔地叫着。仿佛，一整天中，终于见到自己的主人，只用那行动和叫声来表示它的高兴劲一样。

"喵！"……

"小猫咪，你独自在家里寂寞不寂寞？"女儿蹲下一面抚摸它，一面爱怜地说道。

寂寞不寂寞？女儿在问福星这句话时，我心里颤抖了一下。她是在问福星呢？还是在说出她自己往常无趣的生活，以至于她心里的寂寞？

"福星，怎么样，吃饭没有？饿了没有？我来给你吃的。"见女儿在那里逗弄福星，我一面往卧室走，一面这样说道，仿佛在和一个小孩子说话。

"喵！""喵！"

"妈，福星这两天好像长胖了，你看它的肚肚都有点圆了。"女儿蹲在那里说道。

"哦，好像是，来那天，瘦的仿佛骨头轮廓都能够看见，现在却不是了。"我一面往厕所走，一面对蹲在那里的女儿说。

我把衣架重新放回厕所门口位置，然后，把盖蹲位的瓷砖拿开。

"我觉得它胖了更好看一些。"女儿终于起身进厕所洗手时说。

十四

晚饭，当我与女儿在我卧室吃饭时，小家伙在卧室门口奔直绳索，做腾跃的样子，看着我们，心慌意乱地"喵！""喵！"叫着，硬要到我们身边来。

"妈妈，你看它……"女儿见它如此这般模样，可怜巴巴地对我说。

我知道女儿的意思，她是希望我把小猫咪放了的，但我仍坚持没有放它。

可是，在我们后来吃晚饭看电视时，我经不住它那可怜的样子，就对女儿说，你去解了绳子，把它牵过来，让它过来给我们在一起。

女儿像听到我的命令一般，箭一样地冲到套绳索处。

女儿解了绳索，牵着福星一面满脸欢喜地看着福星，一面戏弄着退着走在前面。

小家伙兴许是让它到我们身边来了，只见它欢快得一

面用前双腿抱着绳索玩着绳索，一面顺着牵着它的绳索方向向我弹跳着走来。

我和女儿分别坐在两张沙发上。当福星一路玩着走到我们身边时，它看看我，又看看女儿，最终还是先到我的脚旁。

当福星走到我的脚旁时，一面闻着我的脚，一面用头磨蹭着我的脚，做作与我十分亲密的样子。

然而，我对它这般亲热情景，并没有弯下腰去，用手抚摸它一下，爱怜它，只是埋头看它独自这样玩耍。

兴许见我没有任何反应，觉得无趣，只见它一面叫着，一面就往女儿脚旁缓缓走去了。

在福星闻着女儿的脚，并在她的脚上磨蹭时，女儿一面喊着"好痒了"，一面弯下腰，用手轻轻抚摸福星的背和头。

福星仿佛找到了它的伙伴和得到了爱怜，于是，当它闻了女儿的脚和磨蹭了她的脚一些时间后，就软软的趴在女儿其中一只脚背上，并发出"呼呼"幸福的声音。它闭着眼睛开始睡了。

电视在播放着电视剧，我和女儿也都在看电视。

不知怎么的，原本福星爬着是向着我的方向的，突然，它起身调了个方向，面向电视机爬在女儿的脚背上了。偶尔只见它把闭着的眼睛睁开来，要看一下电视，然后，又把眼睛闭上。

"妈，你看福星都在看电视了。"女儿笑着对我说。

突然，福星一骨碌站了起来，因此时女儿拉着牵着它的绳索，在它面前左右摆弄着。福星仿佛来了兴致，只见它用前两腿抱住绳索，后两腿张开坐在地上，然后用小嘴巴咬着绳索，玩耍着。女儿摇的越激烈，它就把它那小身子十分灵巧地翻滚着，玩耍的越兴奋。它时而把抱住咬住的绳索丢开，然后，四只小腿张开，仰躺在地上，只把小脑袋昂着，一会儿用温柔的眼神看着女儿，一会儿立马又变了眼神，把女儿摆弄着的绳索看着。时而又极快地坐起身，轻轻地用前面一只腿，把绳子拉到它面前，然后又双腿抱住，又用小嘴巴，把小脑袋偏来偏去地咬住绳索玩耍。

"哈！哈！"女儿见此情景，只是欢乐的大笑着。

"妈妈，你看，你看福星真是太好玩了。"女儿笑着对我说。

福星的逗趣把我也吸引住了，我笑着只是看着它和女儿玩，它那小白团，它那轻逸的身子，它那灵巧的姿势，它玩耍那如痴如醉，又极认真的模样，真是讨人喜爱。

我们看了一会儿，准备洗漱收拾。

我对女儿说："把福星牵过去套上。"说完，我就起身往厕所走去。

"妈，福星不愿意走，你来看它嘛。"女儿在我卧室里喊道。

我三两步走到卧室，只见女儿牵着福星走在前面，而后面的福星却赖着蹲在地上，不愿走。嘴里还不停地"喵！""喵！"叫着求饶。仿佛在说，我还想待在这里

玩耍，我不愿意到那边去被套着。

"你抱它过来。"我对女儿说。

当女儿把它从地上抱起，然后放到它的盒子旁边，去套绳索时，兴许它觉得无奈，只好认命地缓缓走进盒子，然后，蜷缩在盒子不出声了。

"看来，这个小家伙在'赌气'作'抗议'。"见它那样子，我心里不禁轻笑了一下。

十五

平常我是很难半夜醒来起夜的。可今天在凌晨近4点时，我突然醒来。我刚起身下床，就听到福星"喵！""喵！"轻柔的叫声，仿佛它被我惊醒了，与我打着招呼。

当我往厕所走去时，福星从盒子里走出来，然后也跟着我来到厕所。

"喵！""喵！"福星迈着轻柔的四条腿，走到我的脚旁，然后亲密地用头磨蹭着我的脚背。

"福星，怎么搞的，我上厕所，你也跟着来。"我用手一面抚摸了一下它的背，一面像对小孩子一样说道。

小家伙真是得寸进尺，你越爱怜它，它越是要与你亲热，越是依恋你。

原本我对小孩子的原则是，不能太爱怜了，否则会害了他（她）。

既然我把福星当着了小孩子，同样，我也不能对它太爱怜，否则，那真是牵挂不已。于是，我仅仅抚摸了它一下，就把手拿开了。

谁知，福星见我不搭理它，它就一面仰着头，用极温柔的眼神轻轻地眨巴了一下眼睛看着我，一面用前双脚轻轻捞我的脚背。仿佛是告诉说，它需要我的抚摸。

见我仍不搭理它，它只好围着我蹲着的身子，来回地走着。走两圈，见无果，就悻悻地往厕所外面走去。

可是，它好像不大甘心，又极快地调转头回来了，又在我的脚背上磨蹭一阵。见我仍不理它，它又悻悻地往厕所外面走。

这样反复了几次，直到我起身走出厕所，才罢休了。

在走出厕所时，我见它碗里没有了食物，就到冰箱里取出少许鱼来，用开水给烫了一下，就搁在碗里。然后，我重新去睡时，就听见它在"吧嗒！吧嗒！"地吃那鱼了。

第二天凌晨快4点时，我被小家伙一阵"喵！""喵！"的叫声吵醒。

"看来这个小家伙，还记住昨晚上这个时候给它吃的，今天，到这个时候，又问到要吃了。不行，我不能把它惯坏了，不能让它在这个时候醒来问到吃，养成习惯。"我像这样想时，就假装没听到，也就不理它，任它站在我卧室门口，对着我叫。

这时，我听到隔壁房间女儿翻了个身。但她也没有起身。

我知道，这个时候正是瞌睡最好睡的时候，遇着谁，

都是不愿起来的。除非，遇着非常事情。

兴许福星，见确是无人理它，叫了一阵，无趣，就不吱声。而我呢，重又进入了梦乡。

十六

在二号这天，天下着阴雨，气温有些下降了。

晚上，因有两天没有给福星洗澡了，我决定今晚给它洗洗。

"小玉，来，帮我拿着福星，我来给它身上吹吹，今天天气下雨，恐怕福星身上一时干不了，冷凉了。"

我这样说时，女儿跑来用双手托着福星的前两只脚，而我就左手拉着福星的后双脚，右手就拿着吹风机，一面给福星翻着身子吹着。

"妈，福星的毛毛贴着身子显得好小呀，还看得见红嘟嘟的肉。"女儿盯着福星，皱着眉头说。

"是的，它比大耗子稍大一点，不过，过段时间等它长大了就好了。"我说道。

福星在我们两人的摆弄下，不停地"喵！喵！"叫唤。后退双脚在我手里挣扎着。

女儿说，是不是风烫，你吹它不舒服。我说不会，我吹风机离它这么远。

我一心想把福星身上的湿毛吹干，就多吹了一会。待到有七成干了，我说，好了，放它到盒子里去。

福星刚放到盒子里，它就蜷缩着身子，就蹲在盒子里了。

女儿蹲在盒子旁边，用手不停地抚摸着它。

"妈，我发觉福星在发抖，它是不是冷哦？"蹲在那里的女儿，埋着头看着福星说。

"有可能，那我去拿一块毛巾给它盖上。"我说完，就到衣柜里，取一条毛巾来，叠了一遍，盖在福星身上。

"喵！"福星轻柔地叫唤了一声，仿佛是为我给它盖上了毛巾感谢我。

"这样不冷了吧。"我对着福星说道。

"喵！"福星又叫唤了一声。

"妈，它在回答你说不冷。"女儿蹲着扭转头来看着我，调皮地笑着说。

"它身子怎么还在发抖呢？"我弯下腰抚摸了一下福星的背说道。

……

女儿看着盒子里的福星，没有回答我。

"我觉得它是感冒了。"良久，女儿才说了一句。

"这小家伙，太小了，太娇气了，今天这样的天气，该不洗澡。不过，它身上的毛毛也快干了，干了它就不抖了。"我说这话，一方面是安慰女儿，一方面心里有些内疚。

"好了，小玉，你该去做你的事情了，不要把心思放在它上面，它会没事的。"我转身走向卧室时，对女

儿说。

女儿站起身，脸上没有一点笑容地走向她的卧室。

十七

福星盖着毛巾，只露出它的半个小脑袋埋着，蜷缩在盒子里。今天它不像往常，一会儿要走出盒子来，要么站在我卧室门口对我叫着，要么站在女儿卧室门口对着她叫着。此时，它蜷缩着并不吱一声。

见它这般情景，我心里不免有些担忧了。

当我从它身边经过时，我都要呼唤它一声，"福星，怎么样？冷吗？"

"喵！"每当我这样呼唤它一声时，它也要轻柔地叫一声，正如女儿开玩笑说，仿佛是在回答我说"不冷"。

"那你来吃点东西，来，我抱你出来。"我把毛巾揭开，然后把福星硬从盒子里拿出来，放在地上。

我蹲在它的碗旁边，希望它也跟着我来到它的碗前，然后能吃东西。

福星迈着轻柔的四条小腿，缓缓地走到碗前，然后脑袋伸向碗里，嗅嗅，没吃。然后转身缓缓地又跨进了盒子蹲下了身子。

此时，它身上的毛还没有完全干。

"福星，我喂点猫食给你，你再睡好吗？"我说了后，就又把它从盒子拿出来，然后，左手握住它的小脑袋，在它叫唤瞬间，就往它嘴里一一喂了三颗猫食。然而，它只吃下一颗，其余两颗都吐出来了。

在我们睡觉之前，我在它碗里加了一些碎鱼渣。并对它说："来，福星，来吃点你最喜欢的。"

然而，福星蜷缩在盒子里，没有一点要起来的迹象。

见它不动，就索性把它盖着的毛巾又揭开，用手把它拿出来放在地上。此时，我感觉它的身子有些轻了。

福星顺着我的手指，来到碗面前，然后，用嘴在碗沿嗅嗅，就走开了，又迈着柔软无力的四条腿，又走到盒子边，然后，缓慢地跨进盒子，又蹲下了。

"怎么回事，福星，你不想吃吗？你怎么了？你真的生病了吗？"我见它那般样子，就大声说。

"喵！"蹲着的福星叫唤了一声。

它这一声叫，好像是说它此时的确不想吃，此时的确没胃口，此时……

我无奈，只好又把毛巾重新盖在它身上。

女儿一直默默地呆在她的卧室里，没有说话，也没有出来。

"你是不是生病了？"我蹲下，用手抚摸着福星的背，看着它有些忧心地说。

我看着盒子里的福星，不知如何是好，突然我突发奇想地思量着喂它一点温热的盐水。

于是，我喊女儿道："小玉，来，帮我一下，我们来喂一点盐水给福星。"

"怎么喂盐水呢？"女儿走出卧室不解地问。

"哎呀，你就不用问了，它没吃什么，先喂一点点给它，它好像生病了。"我说道。

我让女儿端着温热的盐水，我左手握住它的小脑袋，右手就用勺子舀来喂它。

小家伙并不喜欢别人喂它，只见它后两腿在地上不停地蹬着，前两腿抱着我的左手乱抓着，仿佛要把我的手搬开一般。幸好我把它的脚指甲事先剪的了，否则，它这样抱住我的手乱抓，那定是满手伤痕的。

即便如此，我还是喂了它有四下。

过一会儿，小家伙似乎好一些了，在我们睡觉前，它还走到碗边吃了一点鱼渣。

"看来它很快就会好了。"见福星独自到碗边吃了点鱼渣，我与女儿才稍稍放心地上床睡觉。

十八

三号早上，女儿比我先起床。

"妈妈，福星拉稀了。"我在床上，只听女儿叫道。

"拉稀了？这……这家伙怎么会拉稀呢？"我翻身起来走到过道处，见厕所门口处，果真有一小滩黑乎乎的。

"它肯定是感冒了。"女儿马着脸很肯定地说。

"哎呀，它这么小，肚肚也这么小，里面的肠肠更是小。一方面这天气突然降温了，一方面我昨晚又给它洗了澡，定是因为这些受了凉。"我说着这些话时，就用餐巾纸把那黑乎乎的擦干净。

我扭头见它碗里吃的原封不动，心想它定没有吃东西。

"小玉，我们又喂它一点温热盐水。"我对厕所里的女儿说。

"不如喂它荷香正气液。"女儿平常偶尔感冒时，我叫她吃荷香正气液，当然也吃了其它的，好了，她以为是吃荷香正气液好的，就认为荷香正气液是能治感冒的了，这时，她却叫我也喂福星荷香正气液。

我听了女儿的话，心里思量了一下，觉得似乎有些可行，就拿来荷香正气液倒了几滴在碗里，然后混上开水，搅拌几下，叫女儿端着碗，蹲在福星吃的碗旁。

我左手握住福星的小脑袋，等福星在叫唤的时候，右手就舀了荷香正气液来喂它。当喂了第一勺子时，兴许那味道实在难吃，小家伙一面把那后双腿在地上不停地蹬着，前双腿抱着我的左手不停地乱抓着，一面小脑袋不停地左右摆动。好像在大呼："我不吃，我不吃，太难吃了。"

当我在喂第三下时，只见，从福星的嘴角处流出了一些白色的泡液。实际上是它吐出来的。

"我去拿餐巾纸给它擦一下。"女儿说。

"好的。"我说。

女儿拿来餐巾纸，小心翼翼地为福星的嘴擦干净。

"你把碗搁了，把福星看好，我来把地上抹干净，不然，等会儿福星又弄一身脏。"我对女儿说。

在我抹地上时，实际上，福星自己又缓缓地走到盒子边，然后又跨进盒子里蜷缩着躺下了。

"唉，没有福星的时候，平常这些时候，我们在做其它事情，现在却是花在它身上。"我在洗拖把时，不禁又独自埋怨了几句。

可后来看到福星那小小的、洁白的身子，可怜地倦躺在盒子里。想着它刚来时，那些讨人爱怜的样子，心里又有些内疚。

它毕竟是一只不会说话的动物，它毕竟是一个鲜活的生命，它毕竟还有许多可爱之处。它现在这般样子，不是它的错，而是我这个当主人的不懂得怎样爱护它，才造成的。

"兴许它现在心里很难受呢。"我心里愁绪地想道。

想到这些，在我们吃中午饭时，"把它脖子上的绳子解了，让它自由行动。"我对女儿说。

"妈妈，你不是说还得套它两天，才放它吗？"在端菜的女儿扭过头来，惊奇地看着我说。

"是，我是这样说的，我这样做，是希望它能养成在哪里拉屎拉尿的习惯。现在它病了，提前放了它，兴许对它有帮助。"我回答女儿道。

十九

因平常我与女儿没有时间看电视，都是在吃晚饭时才看。在周末时，就在吃午饭和晚饭时才看。

现在仍是五一假期，电视又是搁放在我的卧室里，在我们吃午饭时，福星由女儿引导着走进了我的卧室。

福星自由了，似乎活跃了一些，在我们吃饭时，它虽然仍蹲在我们的面前，看着我们时不时地要叫唤一声，偶尔，也要来回走动一下。

我们吃完饭收拾停当，女儿坐在另一张沙发上，这时，福星动作缓慢地在她脚旁偶尔来回走动，但大多时间，就是倦躺在女儿的脚背上。

女儿爱怜它，也不惊动它，就让它任意倦躺着。

它躺着躺着，也要突然仰起头来，看着女儿叫唤两声，仿佛是在问："我这样躺着，你没什么意见吧？"

如女儿未弯下腰抚摸它，它就会用前双脚轻轻抓女儿的裤管。那意思，好像是希望小主人能抱抱它，让它倦躺在她的怀里，更舒服一些，就更好了。

后来，女儿弯腰不停地逗弄着它，她本也想抱起来搁放到大腿上，但我对她说，福星有一天多时间没有洗澡了，等它好完全了，给它身上洗干净后，再来抱它，这样最好。

女儿大多时间是听我的，于是，她也就并没有把福星

抱起来。只是让它在地上逗弄着它。

福星觉得无趣，仍用大多时间来倦躺在女儿的脚背上，看样子，仿佛是生气了，它不想理睬女儿了。

下午时候，因我与女儿要各自做自己的事情，就用绳子又把福星套了起来。这时候，福星大多时候只是倦躺在盒子里，几乎没有听它叫唤一声，也没有见它走出盒子来。

在我们睡觉之前，我见福星的碗里，它毫无动过。于是，我又叫女儿帮着，先是喂了它四颗猫食，它大概吃了两颗。然后，又喂了它五勺子温热的盐水。我心想，它吃了这些，肚里总算有了东西，是应该没多大问题的。

只是，觉得它仍然懒懒的样子，又不太叫唤了，心里又为它担心着。

这晚，我与女儿怀着不愉快的心情，各自睡觉了。

二十

四号这天，是五一假期后第一天上班。

女儿通常是差 10 分 7 点起床，而我是准 7 点起床。

"妈妈，福星又拉稀了。"我躺在床上正思量着起床，突然，听到女儿大声喊道。

我翻身起床，三步并着两步地走到过道处，见厕所门口进去处，又是一小滩黑乎乎的。

我见了并没有说话，只是扭过头来，很担忧地看着在盒子旁边缓缓走动的福星。

我在用餐巾纸擦那小滩黑乎乎时，女儿不作声地在一边忙碌着她的事情，我知道，她把对福星的担忧放在心里了。

虽然，她没有抱怨一句，但从她的脸色和行为，我看得出来。

女儿在出门上班时，没有与我打招呼，也没有对着福星说"拜拜"，门"啪"的一声关上了，就听着她踏着沉重的脚步下楼去的声音。

我在出门前，仍然把厕所门口进去处的挂衣架，移到厕所的最里面去，仍然用瓷砖来把蹲槽盖上，然后，关了过道处的壁灯，准备出门了。

在我跨出门时，见福星缓缓地走到门口来，看着我，但它没有叫唤一声，也没有奔着要出门来。

我看了一眼漆黑的屋里，又看了一眼那无助的小白点在门口来回移动，那眼睛乌黑明亮闪着正看着我，我硬着心肠把门"啪"的一声关上，就下楼出门了。

二十一

晚上下班，我与女儿走在回家的路上。女儿此时不像福星刚来家时，那欢快的心情。走路轻松，脚下也快步地走着，说话灵敏，话多，也搞笑。而是，心情有些沉重一般，走路也懒懒的，脚步也减慢了速度，也不太主动与我

说话了。

在这途中，我与女儿大多时间都保持沉默，各自在怀着各自的心情。

"干脆把福星拿去卖了。"在走到南坪老区府背后时，我突然说了一句。

"卖了？"女儿迅速地惊讶地应道。

"是嘛，卖给别人去养，我们没有经验，让它成这个样子，实在可怜。"我说。

"要得，今晚就拿去卖嘛。"没想到女儿竟然高兴地说道。

女儿说这句话时，突然那高兴劲，让我始料不及。我知道，看这两天福星那光景，实际上，我与女儿都为它担心的，都不想看到它如此，心里都难过不已。

的确，我们只希望看到它活泼可爱的样子，不希望看到恹恹的、生病的样子。

让别人去养，能让福星重新活泼可爱起来，女儿当然愿意，她心里当然高兴。即使是在别人家里。

我心里十分清楚，女儿这种想法，是真真地对福星爱恋了。

二十二

来到家门口，女儿在前面开了门。

她在前面先进了门，并开了过道处的壁灯，过道处顿即亮堂了。

我在后面跟着就进了屋。

女儿进屋时，并没有像往常一样要欢快地呼唤福星，而是默默无声地，用眼睛看福星在哪里，在干什么，像什么样子。

我进门后，一面脱鞋子，一面仍然呼喊着福星。

"喵！"福星听到我的声音，很小声地、很轻柔地回应了一声。

"妈妈，你看，它又拉稀了。"当女儿走进厕所时，脚跳了一下，惊慌地说道。

女儿走进厕所，是本想洗手的，这时见了那小滩黑乎乎，就退出来了。

这时，福星是在盒子外面的，它缓缓地在我们面前走动，仿佛是终于看到它的主人了，屋里终于有亮光了，屋里终于有气氛了，终于有人时不时地要搭理它了。使得它有了活跃。

只是，这时，它的身子显得轻飘飘的，那四条小腿走着更是显得没有一点力量。

"妈妈，福星瘦了。"当我把地上那小滩黑乎乎地擦干净，女儿洗手出来走到过道处，然后，蹲下，看着福星小声地说道。

的确，福星已瘦了许多，那纯白色毛毛掩盖着的，仿佛已没有了一点肉，而只是一副极小的空骨架支撑着形成这个猫的形状了。

"难怪它的身子显得那么轻。"我心里悲惨地思量。

二十三

晚饭，我与女儿吃得极简单，仿佛都没有什么胃口。

在我们吃饭时，仍然是把福星脖子上的绳子解了的。然而，即便脖子上的绳子解了，它却并无多大兴致要走进卧室，走到我们在吃饭的面前。而是，只站在卧室门口，静静地看着我们。偶尔调过头去，缓缓地走向它的盒子处。过一会儿，又缓缓地来到卧室门口，站着看着我们。

后来，索性仍调过头去走到盒子边，跨进了盒子，并蜷躺着不动，也不出声了。

"福星。"我见它并没有走进卧室，就端着饭碗走到它旁边，叫了它一声。

"喵！"福星躺着回应道。

"明天把它拿去看医生。"女儿也端着饭碗走过来，看着盒子里的福星说道。

女儿平常不爱多说，也不会太动脑筋，或为某件事情出主意，对此我还在心里埋怨她，你这个高中生，没学多少知识，办法也没有那么多。

但自从有了福星，女儿的脑袋反应之快，办法之多，让我有时出乎意料，并开始埋怨自己，原来我的确不了解女儿。当我这样想时，我心情有些欢欣地看了女儿一眼。

"拿到兽医站去……，可倒是可以，拿去试一下，检查一下，看是怎么回事。不过，明天要上班。"我犹犹豫豫地说道。

女儿没有说话。我知道，她对我这样的回答，感到十分的不满意。

"福星。"我看着它喊了一声。

"喵！"福星仍然应了我一声。

"福星，福星"，当我在卧室里收拾碗筷出来时，我连着喊了它两声。

"喵！喵！"福星蜷躺在盒子也应了我两声。

我听得出来，福星应我的声音，仿佛它是用了最大的力气，并仍是脆明。

"这家伙太可爱了，我喊它几声，它也要应我几声，真让人有些舍不得。"我笑着对卧室里的女儿说。我想着是不是明天真的把它抱去看医生。

在睡觉之前，仍是喂进了一点猫食和温热盐水。

二十四

第二天早上，女儿仍默默无声地出了门上班去了。

因想着还有些事情等着我尽快去做完，以至于希望自己今天能早点出门，然后早点回家。

我在出门前，仍然是关了过道处的壁灯。

在我开门出门瞬间，我扭过头来，见福星在黑魆魆的过道处，默默无声地缓缓地走动，显得是那样的孤独，那

样的无奈，又那样的无力。

虽然，有光线从开着的窗户里射进来，但今天的天气是阴着的，以至于，屋里却显得比往日要更黑魆魆的。

此时，我有想把壁灯开着的想法，让独自在屋里的福星，能看到光亮，这光亮能给它增加一点暖气。

可后来又想，它毕竟是动物，屋里黑魆魆的，这没有什么。

于是，我毅然地关上门，下楼梯离去。

二十五

就在这天早上我醒来，我心里总觉怪怪的，一直在想一个问题。

昨晚，大概是在凌晨时候，我沉浸在梦里：

我站在一个山头上，眼前是一片大海。

这时，只见大海里，有五六个人在游泳，有两个男人，另外就是年轻女人。

他们的位置是，在左边一处，一个男人独自在那里游玩。在中央，一个中年男人光着上身，和一个白皮肤，脸圆胖的年轻女人在那里游玩。右边一处，就是其余年轻女人在一起游玩了。

突然，在中央的年轻女人，离开了中年男人，并往水下沉去。中年男人见状，离开游过去，并托起年轻女人上身，然后开始奋力地向岸边游来。

站在山头上的我，见此情景，紧张地伸出脖子，用眼睛死盯着。

盯着，盯着，不知怎么的，那个年轻女人就变作是两个了，并且都是一模一样，并且都死了……

恐惧使我从梦中惊醒。

"一个女人怎么就变作了两个一模一样的女人呢？这怎么可能呢？"在吃早饭时，我在心里问道，不知梦中的缘由。

甚至，到办公室上班和在下班回家的途中，我又为梦中的情景在心里问道。但仍不得要领，不知是吉还是凶。

二十六

下班时，我与女儿一并往家走，当走到门口处，与往常一样，女儿仍然走在前面，开了门，并开了壁灯。

"福星，福星"，不知怎么的，女儿今天进屋就喊福星。

我跟着后面快速进屋时，却并没有喊，而是用耳朵听福星的反应。

没有福星的任何声音。

"它睡着了。"我们俩同时看见此时福星倦躺在盒子里时，女儿小声说道，怕惊醒它一般。

可是，见福星没有任何反应。因为，我们知道，福星的耳朵是非常灵敏的，只要有一点声音，都会惊动它的。

"奇怪，怎么没有反应？"我小声地嘀咕了一声。

"福星，福星。"兴许这奇怪的现象，女儿也感觉到了，于是在她脱鞋子时，又连喊了两声。

福星仍然没有回音。

只见它仍然保持那姿势，静静地蜷躺在盒子里。仿佛正如痴如醉地睡觉，正在香甜的梦里一般。

"啊！"见此情景，我心里咯噔一下。

"它已经死了。"我轻轻地说了一句。

"看来，我昨晚做的梦做的不吉利。"我心里自语道。

……

"不会，怎么会呢？"女儿听了后，良久，猛然惊醒一般，不相信地快速地说道。

女儿弯下腰，用手轻轻地在福星蜷躺着的背上，抚摸了一下，福星没有动静。

女儿再用手在福星的小脑袋上抚摸了一下，福星仍然没有动静。

"死了，它已经死了。"我心情糟糕地说道。

女儿只把福星看着，没有说话。

"但不知它是什么时候死的？"我十分忧伤地，像是自言自语地说道。

女儿仍然把福星看着，仍然没有说一句话。

"那怎么办？"良久，女儿才惊醒似的问我。

"只好把它拿到楼下去埋了，埋在楼下花园里。"我果断地说。

二十七

于是，我将就福星躺着的盒子，以及垫着的毛巾，和它身上盖着的毛巾，一并双手捧着，招呼着女儿，开门向楼下走去。

女儿拿着小锹沉重地跟着我走在后面。

来到楼下，在拐弯处那贴着护堡坎处的花园旁边，我和女儿蹲下了。

"就把它埋在这里，这里的小树正在开花呢，让这美丽的花树陪伴它吧。"我蹲下时说道。

女儿用手机的光给我照着，我用小锹一下一下地锹着土。

"呼哧！……呼哧！……"突然，我听到呼哧呼哧无声地哭泣声。

我用眼睛的余光，瞟向女儿，微光中，见女儿的眼泪一串一串地往下滴着。

"唉！真是累人！"我十分难受地说道。

"它怎么就死了呢？我们可这么爱怜它，它却是离开我们了。真是累人。"我心情极难过地再说道。

一些时间后，我刨了一个小方形土坑，比盒子稍大一些。

在土坑旁边有两棵茉莉花树，上面绽放了几朵碎花，此时，茉莉花正溢出阵阵香气。

在我认为已经可以了的时候，我把装着福星的盒子，一并放进土坑里。然后，缓慢地盖上土。

在最上面层，我把青青的小草混着土盖在上面，我是希望在这小坟上能长出青青的小草来。

我与女儿站起身，默默地，静静地，站在土坑旁，有3分钟时间。

"对不起，福星。也请你安息吧！"我向那土坑鞠了三鞠躬。

女儿只是吧嗒！吧嗒！地流着泪，一句话也没说。

我和女儿怀着极其沉重的心情，上楼向屋走去。

二十八

"我们现在有了养猫的经验了，等过两天，我们再去买一只回来，好好养它。到时，我们还给它买个便盆，教它拉屎拉尿。"在我们迈着沉重的脚步，上楼，开门进屋当儿，我独自说了一句。

"要买就买和福星长得一样的。"良久，女儿沉着脸嘟着嘴说道。

女儿说这话，仿佛她原谅了福星的突然死去，而终于缓过气来了一样。同时想着不久，很快又要有个和福星一样、可以和它说话玩耍的可爱的小伙伴了。

"要得。"我说道。

"唉！看来，一个家庭人口，得至少是三个人才得行，这样，一起生活着相互才能生出一些丰富的乐趣，才真正能创造出生活的色彩与缤纷来，并能享受到生活的色彩与缤纷来呀！"看着女儿脸上有了些悦色，我走进卧室，对着寂静的屋思道。

如家里只有两个人，另外多一只不说话的动物呢，也行。

2015 年 5 月 8 日起笔

2015 年 6 月 13 日　阴　下午 5 点 44 分第一次完稿

星期六　盛迪亚

2015 年 8 月 11 日　第一次改稿　入秋第四天　阴　盛迪亚

2015 年 8 月 12 日　第二次修改定稿　太阳　盛迪亚 29—19